KATHARINA JORDAN / FLORIAN MAYRHOFER
P. HERBERT SALZL SDB / IRENE STÜTZ

PRAY WITH YOUTH

MIT JUGENDLICHEN
IM GEIST DON BOSCOS BETEN

Bibliografische Information der Deutschen Nationalbibliothek
Die Deutsche Nationalbibliothek verzeichnet diese Publikation in der Deutschen Nationalbibliografie; detaillierte bibliografische Daten sind im Internet über http://dnb.d-nb.de abrufbar.

1. Auflage 2015 / ISBN: 978-3-7698-2165-9

DON BOSCO | SALESIANISCHE JUGENDBEWEGUNG ÖSTERREICH

Text und Redaktion: Katharina Jordan, Florian Mayrhofer, P. Herbert Salzl SDB, Irene Stütz
Gesamtleitung: P. Herbert Salzl SDB
Gestaltung und Produktion: Don Bosco Kommunikation GmbH, München
Druck: Don Bosco Druck und Design, Ensdorf
Bildnachweis: Cover photocase.de/Antje Kirchhoff (Tegenne), S. 14 photocase.de/designritter, S. 44 und S. 122 Martin Jordan, S. 82 Ossi Mlynski jun., S. 100 und S. 172 photocase.de/cw-design, S. 144 Katharina Jordan, S. 165 privat

Bestellung von weiteren Exemplaren:
Referat für Öffentlichkeitsarbeit der Salesianer Don Boscos, St.-Veit-Gasse 25, 1130 Wien
Tel.: +43/(0)1/87839-522, Fax: +43/(0)1/87839-27, info@donbosco.at
www.donbosco4youth.at/jugendgebete   www.donboscoshop.at

INHALT

82 Beten – Im Geist Don Boscos

100 Salesianische Jugendspiritualität

122 Beten – Immer und überall

EINLEITENDE GEDANKEN

Pray with you(th) ...

... versteht sich als eine thematische Zusammenstellung traditioneller und moderner Gebete, Impulse, Bibeltexte und Geschichten für Menschen, die Jugendliche dazu ermutigen wollen, ihren Alltag mit allen Freuden und Sorgen gemeinsam vor Gott zum Ausdruck zu bringen und ihn um seine Begleitung, seinen Schutz und Segen zu bitten.

Don Bosco hat oft mit seinen Jugendlichen gebetet und ihnen empfohlen: „Wenn ihr betet, denkt an das, was ihr tut: Ihr redet mit Gott. Reden heißt, die Worte gut aussprechen, sodass man sie auch verstehen kann. Betet also langsam, in der gleichen Weise und im gleichen Ton, mit dem ihr mit euren Freunden und Angehörigen sprecht." Genau dazu möchte dieses Buch einladen: Jugendliche anzuregen, mit Gott zu sprechen wie mit einem Freund oder einer Freundin.

Salesianisches Beten ist gemäß den Kernpunkten der salesianischen Jugendspiritualität[1]:

- ein Beten, das aus dem Alltag kommt und in den Alltag hineinwirkt.
- freudig und optimistisch.
- ein Beten, das die Freundschaft mit Jesus Christus sucht und pflegt.
- verbunden mit dem Gebet der ganzen Kirche.
- engagiert und offen für die konkrete Not.

---

1 Genaueres dazu siehe Kapitel „Beten – Im Geist Don Boscos" und „Salesianische Jugendspiritualität" bzw. Salesianische Jugendspiritualität, www.iss.donbosco.de/Spiritualitaet/Salesianische-Jugendspiritualitaet.

So finden sich hier viele Anregungen zur Gestaltung von Gebetszeiten mit Jugendlichen zu verschiedenen Themen sowie Gebete zu verschiedenen Anlässen, die sowohl für das Gebet in der Gruppe verwendet als auch den Jugendlichen zum persönlichen Gebet in die Hand gegeben werden können.

Angeregt vom bevorstehenden 200. Geburtstag Don Boscos 2015 haben sich Jugendliche und junge Erwachsene aus den unterschiedlichsten Gruppierungen der Don Bosco Familie im Juni 2012 zusammengefunden und die Idee eines „Salesianischen Jugendgebetbuches" entwickelt. In den zwei Jahren der Entstehung wirkten immer wieder unterschiedliche Personen an diesem Buch mit ihren Anregungen, Ideen, Gebeten, ihrer Kritik und Motivation mit. Ihnen allen wollen wir herzlich für ihre Mitarbeit danken.

Die Autor_innen:

Katharina Jordan, Florian Mayrhofer, P. Herbert Salzl SDB, Irene Stütz

Hinweise zur Verwendung

- Alle vorgeschlagenen Lieder, sofern nicht anders angemerkt, sind im Liederbuch „God for You(th). Das Benediktbeurer Liederbuch, München 2009" (Abkürzung hier: GfY) bzw. im „Gotteslob. Katholisches Gebet- und Gesangbuch. Ausgabe für die (Erz-)Diözesen Österreichs, Stuttgart/Wien 2013" (Abkürzung hier: GL) zu finden.
- Die Bibelzitate sind der Einheitsübersetzung entnommen. Es können aber auch andere Bibelübersetzungen verwendet werden.
- Die verwendeten Abkürzungen lauten: V – Vorbeter_in, A – Alle.
- * Das Sternchen bei Psalmen/Gebeten nennt man Asteriskus. Hier soll eine kurze Stille beim Beten von Versen gehalten werden.
- Als Ergänzung zum vorliegenden Gebetbuch dient die Homepage **www.donbosco4youth.at/jugendgebete.**

Ich kann beten?!

Es gibt heute viele Menschen, die meinen, keine Zeit zum Beten zu haben oder nicht beten zu können. Manche würden gerne beten, finden aber die herkömmlichen Formen von Gebeten nicht passend. Was heißt Beten überhaupt? Heißt es, sich an Formeln zu halten, ein bestimmtes Pensum zu erledigen? In der Bibel gehört das Beten ganz selbstverständlich zum Leben, sodass es ursprünglich kein eigenes Wort dafür gegeben hat. Beten ist ein Rufen, Jubeln, Klagen, Bitten, Flehen, je nach der Situation der Menschen. Vielleicht sind manche Menschen dieser biblischen Art des Betens sehr nahe, ohne es zu wissen. Wenn sie im Alltag in eine missliche Lage kommen, fangen sie an, sich gegen Gott aufzulehnen. Wenn sie die Nachrichten im Fernsehen sehen, fragen sie, wie Gott all das Leidvolle und Böse zulassen kann. Wenn sie glücklich sind, dann läuft ihnen das Herz über. Es gibt wohl so viele Arten zu beten, wie es Menschen gibt. Wie oft haben Menschen schon „Gott sei Dank" gerufen, ohne darüber nachzudenken, was sie da eigentlich sagen? Und ist nicht dieser Ausruf des Dankes auch ein Stück weit Gebet?

Unser Grund zum Beten ist immer Gott selbst und seine Liebe zu uns. Wir dürfen zu ihm kommen, so wie wir sind – in unserem Stress, mit unseren Fehlern, unseren Schwierigkeiten und unserer Schuld, aber auch mit unseren Freuden und Sehnsüchten, Hoffnungen und Träumen. Selbst wenn wir sprachlos sind, betet Gottes Geist in uns. Wem das Beten schwerfällt, kann erst einmal versuchen, ohne Worte einfach vor Gott da zu sein. Ich darf lernen, ihm vertrauend mein Herz zu öffnen: Ich weiß, dass ich zu ihm sprechen kann, wie mir gerade ums Herz ist, denn er versteht mich. Ich weiß, dass ich zu ihm kommen kann, wann ich will, denn er ist mir immer nahe.

Gott hat es nicht nötig, dass ich zu ihm bete, aber das Gebet tut gut. Es ist wie die Pflege einer Freundschaft: Wenn ich eine_n Freund_in längere Zeit nicht sehe, werden wir uns fremd – darum ist es gut, regelmäßig zu beten. Gebet erzeugt Gemeinschaft – mit Gott und anderen Menschen! Es kann eine große Hilfe sein, wenn ich für mein Gebet Formeln zur Verfügung habe. Auch die Wiederholung gleicher Texte in meinem persönlichen Gebet und im Gottesdienst hat ihren besonderen Sinn. Diese Erfahrungen haben schon viele Menschen gemacht.

Dieses Buch möchte helfen, vielfältige Gebetsanregungen in die Praxis umzusetzen, um die Freundschaft mit Gott und die Gemeinschaft mit Gleichgesinnten zu vertiefen. Gutes Gelingen dabei!

Tipps für das Anleiten von Jugendgebeten

In diesem Buch ist eine große Anzahl fertig zusammengestellter Gebete zu finden, vor allem für Gruppen von Jugendlichen. Dabei stellen sich auch immer die Fragen: Wie soll ich mit Jugendlichen beten? Welche Gebete sind für Jugendliche ansprechend? Welche schrecken ab?

Der_Die Leiter_in einer Gebetszeit mit Jugendlichen/jungen Erwachsenen soll ...

... authentisch sein beim Gebet und selbst ein betender Mensch sein bzw. ein Mensch, der danach strebt, sich ins Gebet einzuüben. Denn ohne persönliche Gebetspraxis ist es wohl nur schwer möglich, andere zum Beten anzuleiten.
... vorbereitet sein.
... spontan auf die Stimmung und Atmosphäre reagieren.
... die Zielgruppe berücksichtigen, das bedeutet: ein Gespür dafür entwickeln, für welche Art von Gebet Jugendliche zugänglich sind.

Inhaltliche Vorbereitung

- Warum will ich beten? Bevor ich ein Gebet mit einer Gruppe anleite, muss ich mir darüber klar werden, warum ich beten will. Ist es mir persönlich ein Anliegen? Passt es in den Ablauf? Soll z. B. eine Gruppe dadurch zur Ruhe finden? Früchte des Gebets können sein: Ruhe, Hoffnung, Trost, Freude, Zeit zum Nachdenken, eine andere Dimension ins Spiel bringen ... All das sollte man sich bewusst machen, wenn man Jugendliche zum Beten anleiten möchte.
- Ausgangspunkt ist das Leben der jungen Menschen: Steht gerade eine Prüfung an oder beginnt ein neuer Lebensabschnitt, wird ein Gebet anders ablaufen als bei einem Jugendlager beim Lagerfeuer in den Ferien. Je besser ich meine Zielgruppe kenne, desto besser kann ich zu einem Gebet anleiten, das Jugendliche in ihre Lebensrealität integrieren können.
- Aktuelle Anlässe aufgreifen (politisches Geschehen, weltweite Themen, Ferien, Schulstart, ...).
- Gott soll vorkommen. Als Christ_innen dürfen wir an einen personalen Gott glauben und ihn mit „Du" ansprechen. Nur Mut, das Wort/den Namen „Gott" auch in den Mund zu nehmen und nicht immer von einer höheren Macht o.Ä. sprechen.
- Biblische Texte als Grundlage verwenden. Die Bibel ist ein Buch, das trotz seines Alters aktuelle Lebensthemen beinhaltet und eine gute Möglichkeit bietet, Gott kennenzulernen. Sie kommt aus dem Leben und spricht ins Leben – vor allem das Gebetbuch der Bibel: das Buch der Psalmen, welches einen reichen Gebets- und Erfahrungsschatz beinhaltet. Oft reicht auch einfach ein Satz aus der Bibel, der einen tief berührt.

- Geschichten können als Vertiefung einer Bibelstelle herangezogen werden. Sie können und sollen das Wort Gottes jedoch nie ersetzen.
- Ein roter Faden soll sich durchziehen. Ein Gebet ist keine Aneinanderreihung von vorgefertigten Texten. Oft gilt: Weniger ist mehr!

Auswahl der Gebetsform

Zu berücksichtigen sind:

- Alter
- Gruppengröße
- Gruppenzusammenstellung
- Raum/Räumlichkeiten
- Material
- Übung beim Beten
- Uhrzeit/Dauer

Es gibt eine Vielfalt von Arten, wie man beten kann, und von Elementen, die zum Gebet führen können. Gerade mit Jugendlichen kann man Gebetsformen ausprobieren, die nicht alltäglich sind:

- Lesen und Betrachten von Bibelstellen
- Bildbetrachtung einer Ikone, eines Symbolbildes oder Gottesbildes
- Beten im Alltag
- Freies Gebet
- Stille
- Anbetung vor dem Allerheiligsten (die gewandelte Hostie [= Jesus Christus!] wird in einer Monstranz gezeigt und angebetet)
- Bitte, Dank, Lob, Klage
- Mit Musik: gemeinsamer Gesang, Anhören eines Liedes, denn: „Wer singt, betet doppelt!"
- Moderne Medien als Impulse (z. B. Power-Point-Präsentation, Lichtinstallation, Kurzvideo)
- Persönliches Glaubenszeugnis
- Kreuzweg
- Kirchliche Gebete und christliche Grundgebete
- Gemeinsamer Segen
- U.v.m.

Vorbereitung der Rahmenbedingungen

- Raumgestaltung (Sessel, Decken, Gebetsschemel, Temperatur, Tücher, ...)
- Licht (Helligkeit, Farben, Kerzen, ...)
- Ton (Mikrofone, ...)
- Körperhaltung (knien, sitzen, liegen, stehen, gehen, ...)
- Musik (CD-Player, Band, Chor, selbst singen/musizieren)
- Vorbereitung und Einstimmung der Gruppe (evtl. schon vor dem Gebetsraum, z. B. mit einer Liederprobe)
- Material (Bibeln, Texte, Stifte, ...)
- Giveaway (Gegenstand zum Mitnehmen als Erinnerung an das Gebet, z. B. Papierstreifen mit Bibelstelle, Stein, Kerze, ...)

Mögliche Formulierungen zur Anleitung von Gebeten

Grundsätzlich ist es gut, Gebete nicht einfach herunterzulesen, sondern auch frei zu formulieren und damit auf die aktuelle Situation einzugehen. Im Folgenden dazu einige konkrete Beispiele:

Beginn eines Gebets

Ich freue mich, dass wir jetzt zusammen da sind, vor Gott, mit allem, was uns gerade im Alltag beschäftigt, was uns freut, was uns nervt. All diese Gedanken können wir jetzt vor Gott ablegen und beginnen dieses Gebet gemeinsam: Im Namen des Vaters ...

Am Ende dieses Schuljahres wollen wir gemeinsam das Erlebte vor Gott bringen. Viel ist geschehen. Vieles war gut und ist gelungen, manches ist nicht gelungen. So wollen wir uns die Zeit nehmen, zu danken, zu bitten, zu verzeihen, uns zu freuen, zu loben ...

Hinführung: Beten – Was ist das?

Gebet heißt „mit Gott ins Gespräch kommen". Gott kennt uns und ist immer bei uns, aber manchmal ist es gut, uns das auch bewusst zu machen, zur Ruhe zu kommen und auch in Gottes Gegenwart einfach da zu sein.

Vaterunser

Die Jünger_innen haben Jesus gefragt, wie sie beten sollen. Seine Antwort war ein Gebet, das wir bis heute noch beten: das Vaterunser. Das wollen wir jetzt gemeinsam beten.

Fürbitten

Einleitung: Gott kennt alle Menschen und hört uns zu, wenn wir zu ihm beten, deshalb bringen wir unsere Bitten vor ihn: ...
Abschluss: All diese ausgesprochenen, aber auch die unausgesprochenen Bitten bringen wir vor dich, Gott, im Vertrauen darauf, dass du uns kennst und unsere Bitten hörst. Denn du weißt, was wir brauchen. Wir danken dir für deine Gegenwart und Hilfe. Amen.

Segen

Segnen (lat. benedicere) heißt wörtlich übersetzt „Gutes zusprechen". Wir sprechen uns gegenseitig Gutes zu, aber vor allem bitten wir Gott, dass er uns Gutes zusagt, uns ein gutes Leben schenkt. Und so bitten wir um Gottes Segen.

BETEN – AM MORGEN UND AM ABEND

Besonders die Morgenstunden und der Abend laden ein, sich im Gebet an Gott zu wenden. In der kirchlichen Tradition ist daraus in Klöstern und geistlichen Gemeinschaften das Stundengebet entstanden, zu dem alle Getauften eingeladen sind. In diesem Abschnitt finden sich Gebete, die sowohl als Einstieg in den Tag als auch als Tagesabschluss geeignet sind. Manche orientieren sich in ihrer Grundstruktur am kirchlichen Stundengebet (Genaueres dazu siehe GL 613).

Gebete am Morgen und am Abend

Dankgebet am Morgen

Lieber Gott,
ich danke dir für den neuen Tag,
den ich mit dir erleben darf.
Für die neuen Erfahrungen,
die auf mich warten.
Für all die Menschen,
denen ich begegnen werde.
Für all die Stunden,
die ich mit dir verbringen werde.
Für all das und noch mehr
danke ich dir.
Amen.

Marlene, Schülerin

Morgengebet

Lieber Gott!
Ich bitte dich um einen schönen Tag,
beschütze mich und sei bei mir.
Sei bei mir, wenn ich mit meinen Freund_innen
lache und wir zusammen Spaß haben.
Sei aber auch bei mir, wenn ich Angst habe
oder aufgeregt bin.
Sei bei mir, wenn ich in die Schule
gehe oder durch die Gassen schlendere.
Denn du bist immer bei mir, 24 Stunden am Tag,
sieben Tage in der Woche, 365 Tage im Jahr.
Du kennst keinen Urlaub oder freie Tage.
Danke. Amen.

Hannah Feischl, Schülerin

Abendgebet

Bleibe bei uns, Herr, denn es will Abend werden,
und der Tag hat sich geneiget.
Bleibe bei uns und bei deiner ganzen Kirche,
bleibe bei uns am Abend des Tages,
am Abend des Lebens, am Abend der Welt.
Bleibe bei uns mit deiner Gnade und Güte,
mit deinem heiligen Wort und Sakrament,
mit deinem Trost und Segen.
Bleibe bei uns,
wenn über uns kommt die Nacht der Trübsal und Angst,
die Nacht des bitteren Todes.
Bleibe bei uns und allen deinen Gläubigen
in Zeit und Ewigkeit. Amen.

Manfred Frigger

Start in den Tag – Zehn Tage mit der Bibel

Die Bibel enthält eine Fülle von Geschichten, Erzählungen, Texten, die alle darüber erzählen, wie Menschen ihren Weg mit Gott gegangen sind. Sie beinhaltet reiche Lebenserfahrung. Nimm dir jeden Tag am Morgen kurz Zeit.

- Lege eine Bibel direkt neben dein Bett. Bevor du aufstehst, nimm dir fünf Minuten Zeit.
- Mach ein Kreuzzeichen, um den Tag bewusst mit Gott zu beginnen.
- Lies dir eine Bibelstelle durch. Manchmal ist es gut, sie zwei-, dreimal zu lesen.
- Mach dir Gedanken über die Impulsfrage, die bei der Bibelstelle vorgeschlagen ist.
- Bitte Gott um seinen Segen für deinen Tag.
- Schließe mit einem Kreuzzeichen.

Andrea Schwarz, Die Bibel verstehen in 25 Schritten

1. Tag:
Genesis 1,26-31a

Lasse ich zu, dass Gott in mir lebt, dass ich ein Abbild Gottes bin?

2. Tag:
Genesis 1,26-31a

Lebe ich so, dass ich Gottes Tempel b
dass Gott in mir wohnen mag?

3. Tag:
Psalm 1

Woraus lebe ich?

4. Tag:
esus Sirach 14,11.14

Lebe ich
eigentlich gern?

5. Tag:
Johannes 10,7-15

Was ist für mich
„Leben in Fülle"?

6. Tag:
Lukas 4,16-22a

Aus welchen
Gefängnissen will ich
befreit werden?

7. Tag:
Psalm 84

Bin ich bereit
für den Weg?

8. Tag:
Deuteronomium 28,1-14

Wofür bitte ich Gott
um seinen Segen?

9. Tag:
Matthäus 28,20b

Glaube ich
dieser Zusage?

10. Tag:
Petrusbrief 3,15

Lebe ich so,
dass andere mich fragen?

Rückblick auf den Tag – Gebet der liebenden Aufmerksamkeit

Ein liebender Rückblick auf den Tag ist für viele ein sinnvolles Element ihres spirituellen Lebens. Ignatius von Loyola (1491–1556) nennt ihn „Examen", andere das „Gebet der liebenden Aufmerksamkeit". Gott im Alltag zu entdecken, soll helfen, in den alltäglichen Umgang mit Gott und seinen Spuren im persönlichen Leben zu kommen.

1. Schritt **Wahrnehmen,** wie es mir jetzt gerade geht.

2. Schritt Mich innerlich auf Gott oder Jesus Christus hin **ausrichten,** so, wie es jetzt möglich ist.

3. Schritt Ihn **bitten,** dass er mir hilft, mich und meinen Tag heute mit offenen Augen und Ohren und wachem Herzen wahrnehmen zu können.

4. Schritt Auf den Tag **zurückschauen** und mich **erinnern,** was ich heute erlebt habe; darauf achten, was mich jetzt noch bewegt und berührt. Gottes liebevoller Blick auf mich erinnert mich daran, selbst mit Liebe (ohne Wertung und Urteil) zurückzublicken, wie ich heute mit anderen, mit Gott, mit mir selbst umgegangen bin.

5. Schritt Ich blicke hin, wo ich Ermutigung, Trost und Hoffnung gespürt habe.
Ich blicke auch da hin, wo ich Misstrauen, Angst und Entmutigung gespürt habe.

6. Schritt Bitte, Dank, Klage, Lob, ... vor Gott bringen, wie im Gespräch mit einer_m guten Freund_in, evtl. für ein aktuelles Anliegen beten.

7. Schritt Vorausschauen auf das, was vor mir liegt; um Kraft, Mut und Beistand bitten.

Diese Weise zu beten, beruft sich auf die „Geistlichen Übungen" (Exerzitien) des Ignatius von Loyola. Studierenden gegenüber bezeichnete er diese Gebetszeit als „wichtigste Zeit" des Tages.

Warum es sinnvoll sein könnte, sich auf diese Übungen einzulassen:

- Anhalten und zur Ruhe kommen.
- Sich mit seinem Leben für einige Minuten bewusst auf Gott hin ausrichten.

- Deutlicher wahrnehmen, was sich ereignet (hat) – besonders auch die mit dem Geschehenen verbundenen Gefühle wahrnehmen.
- Unterscheiden lernen, was dem Leben dient und was es behindert.
- Hinhören auf das, was Gott sagen will, und wohin er ruft.
- In tiefere Beziehung kommen zu sich, zu anderen, zur Welt, zu Gott, zu Jesus Christus.

Mehr dazu unter
www.jesuiten.at – Spirituelles – Anleitung Examen

Gott ist mit uns

»Das erste Glück eines Kindes ist das Bewusstsein, geliebt zu werden.« Don Bosco

Begrüßung und Kreuzzeichen

Lied zu Beginn

Lobe den Herrn, meine Seele (GfY 660/GL 876)

Psalm 118,1–9 (GL 66)

V/A: Danket dem Herrn, er ist gütig.

Danket dem Herrn, denn er ist gütig, *
denn seine Huld währt ewig.
*So soll Israel sagen: **
Denn seine Huld währt ewig.
So soll das Haus Aaron sagen: *
Denn seine Huld währt ewig.

*So sollen alle sagen, die den Herrn fürchten und ehren: **
Denn seine Huld währt ewig.
In der Bedrängnis rief ich zum Herrn; *
der Herr hat mich erhört und mich frei gemacht.
*Der Herr ist bei mir, ich fürchte mich nicht. **
Was können Menschen mir antun?
Der Herr ist bei mir, er ist mein Helfer; *
ich aber schaue auf meine Hasser herab.
*Besser, sich zu bergen beim Herrn, **
als auf Menschen zu bauen.
Besser, sich zu bergen beim Herrn, *
als auf Fürsten zu bauen.
*Ehre sei dem Vater und dem Sohn **
und dem Heiligen Geist,
wie im Anfang, so auch jetzt und alle Zeit *
und in Ewigkeit. Amen.

V/A: Danket dem Herrn, er ist gütig.

Gebet zum Psalm

Zärtlicher Gott, deine Sympathie ist zeitlos und grenzenlos. Bei dir sind wir willkommen und du bist offen für unsere Nöte und Sorgen. Dank sei dir. Amen.

Lesung: Matthäus 18,12–14

Was meint ihr? Wenn jemand hundert Schafe hat und eines von ihnen sich verirrt, lässt er dann nicht die neunundneunzig auf den Bergen zurück und sucht das verirrte? Und wenn er es findet – amen, ich sage euch: Er freut sich über dieses eine mehr als über die neunundneunzig, die sich nicht verirrt haben. So will auch euer himmlischer Vater nicht, dass einer von diesen Kleinen verloren geht.

Wechselgebet

V/A: Stärke in uns die Erinnerung an dein befreiendes Wirken,
lass uns anstimmen Lieder der Hoffnung.
V: Komm mit uns auf den Weg der Menschwerdung.
A: Lass uns anstimmen Lieder der Hoffnung.
V: Ehre sei dem Vater und dem Sohn und dem Heiligen Geist.
A: Stärke in uns die Erinnerung an dein befreiendes Wirken,
lass uns anstimmen Lieder der Hoffnung.

Benedictus/Magnificat

Das Benedictus (Lukas 1,68–79) ist der Höhepunkt des kirchlichen Morgengebets, der Laudes, das Magnificat (Lukas 1,46–55) der Höhepunkt des kirchlichen Abendgebets, der Vesper. Beides sind Lobgesänge aus dem Lukasevangelium, die in der jeweiligen Feier einen Ehrenplatz einnehmen und vielfältig vertont und übersetzt wurden. Beide Gebete können als Wechselgebet, also in zwei Gruppen, gesprochen werden.

Am Morgen: Benedictus (Lukas 1,68–79)

(GL 617/2)

V/A: Wir haben eine Hoffnung, und unsere Hoffnung hat einen Namen.

Gepriesen sei der Herr, der Gott Israels! *
Denn er hat sein Volk besucht und ihm Erlösung geschaffen;
*er hat uns einen starken Retter erweckt **
im Hause seines Knechtes David.
So hat er verheißen von alters her *
durch den Mund seiner heiligen Propheten.
*Er hat uns errettet vor unseren Feinden **
und aus der Hand aller, die uns hassen;
er hat das Erbarmen mit den Vätern an uns vollendet
und an seinen heiligen Bund gedacht, *
an den Eid, den er unserm Vater Abraham geschworen hat;
er hat uns geschenkt, dass wir, aus Feindeshand befreit,
*ihm furchtlos dienen in Heiligkeit und Gerechtigkeit **
vor seinem Angesicht all unsre Tage.
Und du, Kind, wirst Prophet des Höchsten heißen;
denn du wirst dem Herrn vorangehen *
und ihm den Weg bereiten.
*Du wirst sein Volk mit der Erfahrung des Heils beschenken **
in der Vergebung seiner Sünden.
Durch die barmherzige Liebe unseres Gottes *
wird uns besuchen das aufstrahlende Licht aus der Höhe,
um allen zu leuchten, die in Finsternis sitzen
*und im Schatten des Todes, **
und unsre Schritte zu lenken auf den Weg des Friedens.
Ehre sei dem Vater und dem Sohn *
und dem Heiligen Geist.
*Wie im Anfang, so auch jetzt und alle Zeit **
und in Ewigkeit. Amen.

V/A: Wir haben eine Hoffnung, und unsere Hoffnung hat einen Namen.

Am Abend: Magnificat (Lukas 1,46–55)

(GL 631/4)

V/A: Wir haben eine Hoffnung, und unsere Hoffnung hat einen Namen.

Meine Seele preist die Größe des Herrn, *
und mein Geist jubelt über Gott, meinen Retter.
*Denn auf die Niedrigkeit seiner Magd hat er geschaut. **
Siehe, von nun an preisen mich selig alle Geschlechter.

Denn der Mächtige hat Großes an mir getan *
und sein Name ist heilig.
*Er erbarmt sich von Geschlecht zu Geschlecht **
über alle, die ihn fürchten.
Er vollbringt mit seinem Arm machtvolle Taten: *
Er zerstreut, die im Herzen voll Hochmut sind;
*er stürzt die Mächtigen vom Thron **
und erhöht die Niedrigen.
Die Hungernden beschenkt er mit seinen Gaben *
und lässt die Reichen leer ausgehen.
*Er nimmt sich seines Knechtes Israel an **
und denkt an sein Erbarmen,
das er unseren Vätern verheißen hat, *
Abraham und seinen Nachkommen auf ewig.
*Ehre sei dem Vater und dem Sohn **
und dem Heiligen Geist,
wie im Anfang, so auch jetzt und alle Zeit *
und in Ewigkeit. Amen.

V/A: Wir haben eine Hoffnung, und unsere Hoffnung hat einen Namen.

Fürbitten

Jesus Christus ist auferstanden zu neuem Leben, lass auch uns immer wieder aufstehen für das Leben. So bitten wir dich:

V: Schenke uns Kraft, diese Welt mitzugestalten.
A: Geh du mit und fordere uns.

V: Schenke uns Mut, der Zukunft zu vertrauen.
A: Geh du mit und ermuntere uns.

V: Schenke uns Geduld, die Vorläufigkeit auszuhalten.
A: Geh du mit und begleite uns.

V: Schenke uns Hoffnung auf Verwandlung.
A: Geh du mit und stärke uns.

V: Schenke uns Entschiedenheit zur Auseinandersetzung und schenke uns die Liebe zur Toleranz.
A: Geh du mit und wandle uns.

kurze Stille (für eigene Bitten)

Vaterunser

Segen

Gott sei mit dir an diesem Tag,
dass du dankbar schauen kannst
auf die Last und die Lust vergangener Tage
und gewiss sein kannst,
dass nichts vergeblich war.
Gott sei mit dir,
dass du neugierig sein kannst
auf alle kommenden Tage.
Und es segne dich
und berge dich in seiner Hand,
Gott, der Vater, der Sohn
und der Heilige Geist. Amen.

Ich bin der Gute Hirt

Nach Johannes Haas SDB

Material: *Stofftier-Schaf, aus Papier ausgeschnittene Schafe, Stifte und Bild/Ikone/Statue vom Guten Hirten vorbereiten.*

Begrüßung und Kreuzzeichen

Lied

Ich bin der Gute Hirt (GfY 73)
oder: Mit dir geh ich alle meine Wege (GL 896)

Einführung

Jesus Christus hat von sich selbst gesagt: „Ich bin der Gute Hirt“ (vgl. Johannes 10,11a). Im Bild des Hirten und seiner Herde können wir viel von Gott und seiner Beziehung zu uns Menschen ablesen. Freddi, das Schaf, erzählt:

Freddi, das Schaf – ein Erfahrungsbericht

Das Leben in der Herde ist toll!! Es hat echt total viele Vorteile: Man ist nie alleine, hat gute Freunde, es tut sich immer was in der Truppe, man kann sich gegenseitig helfen und unterstützen und es gibt immer jemanden, mit dem man reden kann oder der einem zuhört. Aber das Leben in der Herde birgt auch ein paar Nachteile – ihr könnt sie euch sicher schon denken. Ständig muss man mit den anderen Schafen alles teilen, die Wiese, den Stall, das Gras. Immer wird rumgemeckert und geredet und dieses ständige Konkurrenzdenken: Wer ist das dickste Schaf? Wer hat die schönste Wolle – FURCHTBAR!!! Aber was will man machen; wo Schafe zusammenleben, ist das nicht zu verhindern; es gehört zum Leben dazu, ist völlig „schafisch", denn wir sind alle nur Schafe: jeder und jede mit seinen Stärken und Schwächen. Tja, wie sagt man so schön: Schwarze Schafe gibt es immer ... määähhh.
Wir sind eine Herde und gehören zusammen, unabhängig davon, wie viel Wolle jemand produziert oder wie viel Fett sich jemand anfrisst. Denn wir werden zusammengehalten. Zum einen von den Hirtenhunden, die nicht lange herumfackeln und lieber mal zubeißen als höflich bitten ... naja!? Und zum anderen von unserem HIRTEN.

Da muss ich euch gleich eine Geschichte erzählen: Eines Tages habe ich mich aus dem Staub gemacht, wollte meinen eigenen Weg gehen und die Welt erkunden ... määähhh. Wenn ich so zurückdenke, war das wohl meine Sturm-und-Drang-Phase – auf jeden Fall habe ich mich verirrt und habe recht schnell gemerkt, dass ich ohne meine Herde und vor allem ohne meinen Hirten nicht weit komme. Als ich zurückkam, war aber niemand mehr da! Alle waren weitergezogen und ich stand alleine da ... Es war die schlimmste Zeit meines Lebens!!! Ich hatte kaum zu essen und zu trinken, denn der Hirte sorgte immer für uns alle ... Und als ich schon mit meinem Leben abgeschlossen hatte, hörte ich sie, SEINE STIMME!!! Es schien mir kaum mehr real, aber er war gekommen, er hat mich gesucht und schließlich gefunden. Abgemagert wie ich war – man merkt jetzt ... määhhh ... naja nicht mehr viel davon – nahm er mich an meinen Beinen und legte mich um seinen Hals auf seine Schultern. Ich war gerettet!!! Völlig zittrig, hungrig, müde und verängstigt lag ich auf seinen Schultern und spürte die Wärme, die von ihm und seinen Worten ausging. Erst lange Zeit danach ist mir bewusst geworden, dass er all die anderen zurückgelassen hat, um mich zu suchen und nach Hause in die Herde zu holen. Der Hirte war so froh darüber, mich wieder gefunden zu haben, dass er für alle seine Freunde und Nachbarn ein großes Fest gegeben hat. Und auch wir Schafe kamen nicht zu kurz, denn wir alle haben tagelang Salz aus seiner Hand lecken dürfen, das er immer in seiner Umhängetasche mit sich trägt, um alle bei Kräften zu halten.

So ein Hirte, kann ich euch sagen, ist ein wahres Glück und ein echter Segen für die ganze Herde!!! Uns fehlt es an nichts. Er bringt uns immer auf gute Weiden, in saftige Auen und zu ruhigen Gewässern, wo wir uns ausruhen können und wo wir unseren Durst und Hunger stillen können. Er führt uns auf sicheren Wegen und ist in der Gefahr immer bei uns. Mit viel Trost ist er uns nahe, wenn jemand durch wilde Tiere verloren geht und er selbst in großer Trauer steht. Zu unserem Schutz begibt er sich in große Gefahren. Wenn es darauf ankommen würde, wäre er bereit, sein Leben für uns alle hinzugeben.

Ja, mit unserem Hirten haben wir das große Los gezogen!!! Wenn ich so darüber nachdenke, geht es uns immer gut. Wenn es uns schlecht geht, sind wir selber daran schuld: Wenn wir uns das Leben schwer machen durch Neid, Missgunst, Falschheit, Unzufriedenheit, Ungerechtigkeit, ...
Wisst ihr, manchmal habe ich den Eindruck, dass er mich besser kennt, als ich mich selber kenne. Ihr wisst, was ich meine, oder? Wenn er mich beim Namen ruft, dann setzt er nicht einfach nur die Buchstaben zusammen, die meinen Namen ergeben, sondern er ruft meinen Namen und ich spüre, er ruft mich mit meinem ganzen Sein, mit all dem, was mich ausmacht und was ich bin!!! In seiner Gegenwart bin ich einfach ich selbst.

Aktion

Bild/Ikone/Statue von Jesus als Gutem Hirten zur Betrachtung aufstellen.

Lied

Ubi caritas et amor (GfY 602/GL 445)

Aktion

„Ich kenne die Meinen und die Meinen kennen mich!“ (vgl. Johannes 10,14b). Wir werden von Jesus, dem Guten Hirten, bei unserem Namen gerufen! Er kennt uns, er nimmt uns an, so wie wir sind. Jede_r darf sich ein ausgeschnittenes Schaf nehmen und „auf die Wolle“ seinen_ihren Namen schreiben. Dadurch nämlich, dass Jesus uns kennt, und weil er will, dass wir mit allen unseren Anliegen, Sorgen und Ängsten, mit unserem Dank und mit unseren Freuden, Hoffnungen und Träumen zu ihm kommen, dürfen wir uns als „seine Herde“ um ihn scharen. Denn er ist der Gute Hirt, der uns begleitet und bei uns ist – alle Tage unseres Lebens!
Die mit unserem Namen beschriebenen Schafe stellen wir jetzt zum „Guten Hirten“; stellvertretend für uns selbst, die wir zur Herde Jesu gehören.

Während der Beschriftung und Aufstellung der Schafe wird meditative Musik eingespielt.
Sobald alle ihre Schafe aufgestellt haben, wird Psalm 23 langsam vorgelesen.

Psalm 23 (GL 37)

Der Herr ist mein Hirte, *
nichts wird mir fehlen.
*Er lässt mich lagern auf grünen Auen **
und führt mich zum Ruheplatz am Wasser.
Er stillt mein Verlangen; *
er leitet mich auf rechten Pfaden, treu seinem Namen.
*Muss ich auch wandern in finsterer Schlucht, **
ich fürchte kein Unheil;
denn du bist bei mir, *
dein Stock und dein Stab geben mir Zuversicht.
*Du deckst mir den Tisch **
vor den Augen meiner Feinde.
Du salbst mein Haupt mit Öl,*
du füllst mir reichlich den Becher.
*Lauter Güte und Huld werden mir folgen mein Leben lang **
und im Haus des Herrn darf ich wohnen für lange Zeit.

Lied

Adoramus te, Domine (GfY 685)
oder: Laudate omnes gentes (GL 386)

Vaterunser

Gebet

Gott, du treuer Hirt ein Leben lang, du hast uns durch die Dunkelheiten auf den Weg in die Freiheit geführt. Wir danken dir für deine Treue in hellen und in dunklen Zeiten, denn in deinem Sohn Jesus Christus lässt du uns immer neu erfahren, dass du mit uns gehst. Dir möchten wir vertrauen. Durch Christus, unsern Herrn. Amen.

Segen

So segne uns der uns behütende und tragende Gott, der Vater, der Sohn und der Heilige Geist. Amen.

Lied

In Dir allein wird meine Seele still (GfY 350/GL 709)

Heiliger Geist – BeGEISTert sein

Vorbereitung und Material: *Den Begriff „BeGEISTerung“ groß auf ein Plakat schreiben und in der Mitte auflegen. Ein großes Bild in Puzzleteile zerteilen, sodass jede Person einen Teil bekommt. Die Rückseite muss frei bleiben, damit man sie beschriften kann.*

Begrüßung und Kreuzzeichen

Lied

Komm, Heil'ger Geist (GfY 467)
oder: Atme in uns, Heiliger Geist (GL 346)
oder: Rückenwind (Martin Pepper)

Einleitung

Der Heilige Geist ist eine der drei göttlichen Personen. Sie ist jene, die wohl am schwierigsten zu begreifen ist. Ein möglicher Zugang ist das Wort „Begeisterung“.
Der christliche Glaube, die Botschaft vom Leben und Wirken Jesu, wird nun schon seit über 2000 Jahren weitererzählt. Es gibt immer wieder Menschen, die vom Glauben so begeistert sind, dass sie ihn weitererzählen.
Dieses Erzählen von der eigenen Begeisterung und Gotteserfahrung geschieht auf unterschiedliche Art und Weise: Durch Menschen, die ihre Talente für andere einsetzen, die von Gott erzählen, die Menschen helfen, die Nächstenliebe leben, die ihr ganzes Leben für Gott einsetzen.
Und diese Begeisterung, die das auslöst, ist der Heilige Geist – der Geist Gottes. Begeisterung bewegt, bringt etwas ins Rollen, dann kann man oft gar nicht anders, als das auszuleben.
Diese Erfahrung haben auch die Jünger_innen zur Zeit Jesu gemacht. Dazu wollen wir jetzt einen Text aus der Bibel hören.

Lesung: 1. Korintherbrief 12,4–11

Es gibt verschiedene Gnadengaben, aber nur den einen Geist. Es gibt verschiedene Dienste, aber nur den einen Herrn. Es gibt verschiedene Kräfte, die wirken, aber nur den einen Gott: Er bewirkt alles in allen. Jedem aber wird die Offenbarung des Geistes geschenkt, damit sie anderen nützt. Dem einen wird vom Geist die Gabe geschenkt, Weisheit mitzuteilen, dem andern durch den gleichen Geist die Gabe, Erkenntnis zu vermitteln, dem dritten im gleichen Geist Glaubenskraft, einem andern – immer in dem einen Geist – die Gabe, Krankheiten zu heilen, einem andern Wunderkräfte, einem andern prophetisches Reden, einem andern die Fähigkeit, die Geister zu unterscheiden, wieder einem andern verschiedene Arten von Zungenrede, einem andern schließlich die Gabe, sie zu deuten. Das alles bewirkt ein und derselbe Geist; einem jeden teilt er seine besondere Gabe zu, wie er will.

Aktion

Puzzleteile nehmen und darauf die eigenen Fähigkeiten/Talente/BeGEISTerungen schreiben, die man für eine bessere Welt einsetzen kann, um anderen zu helfen, ein gutes Leben zu führen. Nach einer Nachdenkpause werden die Teile in der Mitte zusammengelegt, sodass ein großes Ganzes entsteht.
Lied währenddessen: Windhauch unerwartet (GfY 462)
oder: Veni Sancte Spiritus (GL 345/1)

Abschlussgebet

der heilige geist ist da
wo die welt bunt ist
wo das denken bunt ist
wo das denken und reden und leben
gut ist
der heilige geist lässt sich nicht
einsperren
in katholische käfige
nicht in evangelische käfige
der heilige geist ist auch
kein papagei
der nachplappert
was ihm vorgekaut wird
auch keine dogmatische walze
die alles plattwalzt
der heilige geist
ist spontan
er ist bunt
sehr bunt
und er duldet keine uniformen
er liebt die phantasie
er liebt das unberechenbare
er ist selbst unberechenbar

Wilhelm Willms

Segen

So segne uns Gott und sende uns seinen Heiligen Geist, Gott, der Vater, der Sohn und der Heilige Geist. Amen.

Lied

Du, Herr, gabst uns Dein festes Wort (GfY 459)
oder: Feuer und Flamme (GL 842)

Freude kann Kreise ziehen

»Der Teufel fürchtet sich vor fröhlichen Menschen.« Don Bosco

Begrüßung und Kreuzzeichen

Lied zu Beginn

Freude kann Kreise ziehn (GfY 623)
oder: Hände, die schenken (GL 893)

Psalm 112,1–9 (GL 61)

V/A: Die Freude an Gott – ist unsere Kraft.

Halleluja! Wohl dem Mann, der den Herrn fürchtet und ehrt *
und sich herzlich freut an seinen Geboten.
*Seine Nachkommen werden mächtig im Land, **
das Geschlecht der Redlichen wird gesegnet.
Wohlstand und Reichtum füllen sein Haus, *
sein Heil hat Bestand für immer.
*Den Redlichen erstrahlt im Finstern ein Licht: **
der Gnädige, Barmherzige und Gerechte.
Wohl dem Mann, der gütig und zum Helfen bereit ist, *
der das Seine ordnet, wie es recht ist.
*Niemals gerät er ins Wanken; **
ewig denkt man an den Gerechten.
Er fürchtet sich nicht vor Verleumdung; sein Herz ist fest, *
er vertraut auf den Herrn.
*Sein Herz ist getrost, er fürchtet sich nie, **
denn bald wird er herabschauen auf seine Bedränger.
Reichlich gibt er den Armen, sein Heil hat Bestand für immer; *
er ist mächtig und hoch geehrt.
*Ehre sei dem Vater und dem Sohn **
und dem Heiligen Geist,
wie im Anfang, so auch jetzt und alle Zeit *
und in Ewigkeit. Amen.

V/A: Die Freude an Gott – ist unsere Kraft.

Gebet zum Psalm

Gott, der du unser Bemühen und unser Ringen wohlwollend ansiehst, du segnest uns und lässt uns zum Segen für andere werden. So begleite uns auch heute in unserem Tun und in unseren zwischenmenschlichen Begegnungen. Amen.

Lesung: Sirach 4,1–10

Mein Sohn, entzieh dem Armen nicht den Lebensunterhalt und lass die Augen des Betrübten nicht vergebens warten! Enttäusche den Hungrigen nicht und das Herz des Unglücklichen errege nicht! Verweigere die Gabe dem Bedürftigen nicht und missachte nicht die Bitten des Geringen! Verbirg dich nicht vor dem Verzweifelten und gib ihm keinen Anlass, dich zu verfluchen. Schreit der Betrübte im Schmerz seiner Seele, so wird Gott, sein Fels, auf sein Wehgeschrei hören. Mach dich beliebt in der Gemeinde, beuge das Haupt vor dem, der sie führt. Neige dem Armen dein Ohr zu und erwidere ihm freundlich den Gruß! Rette den Bedrängten vor seinen Bedrängern; ein gerechtes Gericht sei dir nicht widerwärtig. Sei den Waisen wie ein Vater und den Witwen wie ein Gatte! Dann wird Gott dich seinen Sohn nennen, er wird Erbarmen mit dir haben und dich vor dem Grab bewahren.

Wechselgebet

V/A: Du lässt uns zum Segen werden,
weil du uns wohlwollend ansiehst.
V: Du schenkst meinem Herz Hoffnung,
A: weil du uns wohlwollend ansiehst.
V: Ehre sei dem Vater und dem Sohn
und dem Heiligen Geist.
A: Du lässt uns zum Segen werden,
weil du uns wohlwollend ansiehst.

Benedictus/Magnificat

Um mehr über das Benedictus/Magnificat zu erfahren, siehe die entsprechenden Hinweise auf Seite 21 und 22. Dort findest du auch beide Texte, wie sie im Neuen Testament stehen. Anstelle dieser Texte können folgende alternativen Texte verwendet werden:

Am Morgen: alternatives Benedictus

V/A: Lobpreiset den Herrn und singet seinem Namen!

Wir haben eine Hoffnung und unsere Hoffnung hat einen Namen: *
Gott, der uns befreit, Gott, der uns rettet.
*Er ist unsere Sehnsucht von alters her, **
das Ziel unserer Träume.
Er ist ein fester Halt *
in allem, was uns erschüttert.
*So erfuhren ihn unsere Väter: **
Gott ist auf dem Weg mit seinen Menschen.
Er ist ein Befreier von unseren Ängsten, *
er stellt die Herrschaft der Herren in Frage.
*Er macht Kinder zu Propheten, **
Söhne zu Boten, die ihm den Weg bereiten.
Er macht Töchter zu Wegweisern ins Land der Verheißung *
und Menschen zu Zeichen der Versöhnung.
*So wird sichtbar die Liebe unseres Gottes: **

ein kleines Licht im Dunkeln.
Hoffnung auf den Sieg im Schatten des Todes, *
Einladung auf den Weg des Friedens.
*Ehre sei dem Vater und dem Sohn **
und dem Heiligen Geist,
wie im Anfang, so auch jetzt und alle Zeit *
und in Ewigkeit. Amen.

V/A: Lobpreiset den Herrn und singet seinem Namen!

oder Lieder

Benedictus I (GfY 293)
Benedictus II (GfY 294)

Am Abend: alternatives Magnificat:

V/A: Lobpreiset den Herrn und singet seinem Namen!

Das Vertrauen auf Gott *
stelle ich über alles.
*Ich denke an ihn und freue mich, **
denn er ist mein Retter.
Obwohl nichts Besonderes an mir ist, *
hat er mich doch beachtet.
*Nun wird man auch in Zukunft **
von meinem Glück reden,
denn er hat meinem Leben Bedeutung gegeben, *
er, der seine Macht so ganz anders erweist,
*dessen Güte durch die Jahrhunderte erfahren wird **
von denen, die nach ihm fragen.
Sein Wirken überwindet jeden Widerstand: *
Die über alles erhaben sind, verlieren sich im Nichts.
*Die sich der Welt bemächtigen wollen, **
greifen ins Leere,
aber die Unbeachteten *
gewinnen das Leben.
*Die nichts vorweisen können, **
werden mit Güte beschenkt,
aber die schon alles haben, *
gehen leer aus.
*Wer sich auf ihn verlässt, den richtet er auf, **
weil seine Barmherzigkeit stets von Neuem gilt,
wie es unseren Vätern gesagt worden ist, *
Abraham und allen, die wie er Vertrauen haben.
*Ehre sei dem Vater und dem Sohn **
und dem Heiligen Geist,
wie im Anfang, so auch jetzt und alle Zeit *
und in Ewigkeit. Amen.

V/A: Lobpreiset den Herrn und singet seinem Namen!

oder Lieder

Meine Seele hochpreiset (Magnificat) (GfY 332)
Groß sein lässt meine Seele (Magnificat) (GfY 333)
Meine Seele preist (Magnificat) (GfY 335/GL 631/4)
Lobgesang (Magnificat) (GfY 336)
Magnificat (Kanon) (GfY 337/GL 390)

Fürbitten

Jesus Christus, du bist unsere Freude und unsere Hoffnung. Zu dir beten wir:

V: Wenn wir gefangen sind in unserem Egoismus, dann mach du uns frei.
A: Jesus Christus, unsere Freude und Hoffnung, erhöre uns.
V: Zeige uns, wie wir um deinetwillen uns selber neu achten können.
A: Jesus Christus, unsere Freude und Hoffnung, erhöre uns.
V: Gib uns den Mut, unser Vertrauen auf dich zu setzen.
A: Jesus Christus, unsere Freude und Hoffnung, erhöre uns.
V: Erschaffe uns, Gott, ein reines Herz und gib uns einen neuen, beständigen Geist.
A: Jesus Christus, unsere Freude und Hoffnung, erhöre uns.
kurze Stille (für eigene Bitten)

Vaterunser

Segen

Ich wünsche dir Augen,
die die kleinen Dinge des Alltags wahrnehmen
und ins rechte Licht rücken.
Ich wünsche dir Ohren,
die die Schwingungen und Untertöne
im Gespräch mit anderen aufnehmen.
Ich wünsche dir Hände,
die nicht lange überlegen, ob sie helfen und gut sein sollen.
Ich wünsche dir zur rechten Zeit das richtige Wort.
Ich wünsche dir ein liebendes Herz,
von dem du dich leiten lässt,
damit überall, wo du bist, der Friede einzieht.

Dass dieser Tag ein guter Tag werde/
Dass diese Nacht eine gute Nacht werde,
dazu segne uns Gott der Vater, Sohn und Heiliger Geist. Amen.

Zeichen setzen

»Mit den Füßen am Boden und dem Herzen im Himmel.«

Don Bosco

Vorbereitung und Material: *In der Mitte liegen Tücher, Teelichter und Herzen aus rotem Papier mit der Aufschrift „Hinterlasst Zeichen auf eurem Weg!“.*

Begrüßung und Kreuzzeichen

Lied

Nada te turbe (GfY 690)
oder: Alle Menschen höret (GL 717)

Geschichte

Ein Mann schickte seine beiden Söhne Tambu und Rafiki hinaus, um sich in den Dörfern umzusehen. Sein Auftrag: „Hinterlasst Zeichen auf eurem Weg!“ Die beiden Söhne machten sich auf den Weg.

Nach wenigen Schritten schon begann Tambu, Zeichen zu machen. Er knüpfte einen Knoten in ein hohes Grasbüschel, dann ging er ein Stück weiter und knickte einen Zweig an einem Busch. Dann knüpfte er wieder einen Knoten ins Grasbüschel. So war der ganze Weg, den er ging, voll Zeichen. Aber er zog sich von allen Menschen zurück und sprach mit niemandem.

Ganz anders verhielt sich sein Bruder Rafiki. Er machte keine Zeichen am Weg. Aber im ersten Dorf setzte er sich zu den Männern im großen Palaverhaus, hörte zu, aß und trank mit ihnen und erzählte aus seinem Leben. Im nächsten Dorf schloss Rafiki Kontakt mit einem Jungen, der ihn in seine Familie mitnahm und in die Dorfgemeinschaft einführte. Im dritten Dorf bekam Rafiki von einem Mädchen bei sengender Hitze einen kühlen Trunk angeboten und durfte das Dorffest mitfeiern.

Tambu bekam von alledem nichts mit; er hatte Arbeit mit seinen Grasbüscheln und geknickten Zweigen. Als die beiden Brüder nach ihrer Heimkehr dem Vater von ihren Erlebnissen erzählten, machte er sich mit ihnen auf den Weg.

Überall wurde Rafiki mit seinem Vater herzlich aufgenommen, Tambu aber kannte kein Mensch.

„Ich verstehe nicht, warum mich keiner kennt", sagte Tambu, „alle sind zu Rafiki freundlich, der nichts Anderes als geschaut und unnützes Zeug gesprochen und so die Zeit vertan hat. Kein einziges Grasbüschel hat er geknüpft und wird von allen gekannt und geehrt."
Da sagte sein Vater: „Es gibt noch andere Zeichen als Grasbüschel, mein Kind: Das sind Zeichen, die ein Mensch in den Herzen anderer Menschen hinterlässt, wenn er zu ihnen geht, mit ihnen spricht und ihnen seine Freundschaft zeigt. Solche Zeichen in den Herzen der Menschen bleiben, wenn die Grasbüschel längst von Tieren gefressen oder vom Wind weggetragen sind."
Da sagte Tambu: „Ich will auch lernen, solche Zeichen auf meinem Weg zu hinterlassen, wie Rafiki."

Afrikanische Erzählung

Giveaway und Impuls

Herzen aus Papier werden ausgeteilt, auf denen steht „Hinterlasse Zeichen auf deinem Weg!", welche sich jede_r mitnehmen kann. Die Herzen sollen daran erinnern, dass es im Leben um mehr als nur darum geht, sichtbare Zeichen zu hinterlassen, sondern vielmehr Zeichen in den Herzen der Menschen. Jede_r kann in einer Phase der Stille darüber nachdenken, wie er_sie Zeichen in den Herzen der Menschen hinterlassen möchte. Evtl. kann danach auch ein Austausch in der Gruppe stattfinden.

Auch Jesus hat Zeichen gesetzt und seinen Jüngern aufgetragen, ihn nachzuahmen. Im Evangelium vom Gründonnerstag sagt Jesus nach der Fußwaschung zu seinen Jüngern: „Begreift ihr, was ich an euch getan habe? Ihr sagt zu mir Meister und Herr und ihr nennt mich mit Recht so; denn ich bin es. Wenn nun ich, der Herr und Meister, euch die Füße gewaschen habe, dann müsst auch ihr einander die Füße waschen. Ich habe euch ein Beispiel gegeben, damit auch ihr so handelt, wie ich an euch gehandelt habe." (Johannes 13,12b–15)

Lied

Siyahamb' ekukhanyen (GfY 557)
oder: Geh mit uns (GL 994)

Segen

Bevor das Gebet gesprochen wird, legen alle die rechte Hand auf die Schulter des_der Nachbar_in (symbolisch als Unterstützung und Stärkung). Genau das ist ja ein Segen: Er soll uns im Alltag unterstützen und uns gleichzeitig daran erinnern: Wir sind nicht alleine, Gott ist in jeder Sekunde unseres Lebens bei uns und gibt uns Kraft!

Nun machen wir uns auf den Weg
und vertrauen auf deine segnende Kraft.
Nun brechen wir auf in unseren Alltag
und wir erhoffen uns bestärkende Begegnungen.
Nun sind wir bereit, Schwieriges anzugehen,
weil du uns darin ermutigst und begleitest.
Nun gehen wir zu den Menschen, die niemanden haben,
und lassen sie durch uns deinen Segen erfahren.
Nun sind wir da und danken dir, Gott,
du segnende Kraft in unserem Leben,
durch Christus, unseren freundschaftlichen Wegbegleiter,
vertrauend auf den Heiligen Geist, der in uns atmet,
zum Segen aller.
Amen.

Gott kennt und begleitet mich

Vorbereitung und Material: *Für alle Teilnehmer_innen liegen Steine zum Beschriften und Stifte bereit. Bibelspruch auf kleiner Papierrolle zum Mitgeben vorbereiten.*

Begrüßung und Kreuzzeichen

Lied

Herr, ich komme zu Dir (GfY 13)
oder: Ich sing dir mein Lied (GL 867)

Impuls

Wir beschäftigen uns damit, was uns in unserem Leben schwerfällt und belastet. Als Symbol liegt dafür ein Stein vor uns. Überlegt euch, was gerade die Steine in eurem Leben sind, wie z. B. die Schule, Privates, die Familie, die Zukunft. Diese Dinge könnt ihr auf die Steine schreiben.

Kurze Stille für persönliche Reflexion

Ihr sollt wissen, dass ihr alles, was euch beschäftigt, heute und immer vor Gott bringen könnt.

Um das Ganze (für den Tag/die Nacht) etwas ruhen zu lassen, sollt ihr nun euren Stein und damit alles, was euch beschäftigt und belastet, in die Mitte legen. Wer will, kann dazu kurz etwas sagen und es den anderen mitteilen.

Jede_r kann nun seinen_ihren Stein in die Mitte legen.

Gebet

Mein Gott, der du mir Vater und Mutter bist,
es gibt Tage, an denen alles versandet ist:
die Freude, die Hoffnung, der Glaube, der Mut.

Es gibt Tage, an denen ich meine Lasten nicht mehr zu tragen vermag: meine Krankheit, meine Einsamkeit, meine ungelösten Fragen, mein Versagen.

Mein Gott, der du mir Vater und Mutter bist,
lass mich an solchen Tagen erfahren, dass ich nicht allein bin,
dass ich nicht durchhalten muss aus eigener Kraft,
dass du mitten in der Wüste einen Brunnen schenkst
und meinen übergroßen Durst stillst.

Lass mich erfahren, dass du alles hast und bist, dessen ich bedarf. Lass mich glauben, dass du meine Wüste in fruchtbares Land verwandeln kannst.

Nach Sabine Naegeli

Hoffnungstexte

Für jede_n Teilnehmer_in einen bestärkenden Bibelspruch bereitlegen und austeilen. Diese können auch reihum vorgelesen werden.

„Der Herr ist mein Hirte, nichts wird mir fehlen." (Psalm 23,1)
„Der Herr ist mein Licht und mein Heil: Vor wem sollte ich mich fürchten? Der Herr ist die Kraft meines Lebens:
Vor wem sollte mir bangen?" (Psalm 27,1)
„Der Herr ist barmherzig und gnädig, langmütig
und reich an Güte." (Psalm 103,8)
„Er lässt deinen Fuß nicht wanken; er, der dich behütet,
schläft nicht." (Psalm 121,3)
„Fürchte dich nicht, denn ich bin mit dir; hab keine Angst, denn ich bin dein Gott. Ich helfe dir, ja, ich mache dich stark." (Jesaja 41,10)
„Wenn du dann rufst, wird der Herr dir Antwort geben, und wenn du um Hilfe schreist, wird er sagen: Hier bin ich." (Jesaja 58,9)
„Macht euch keine Sorgen; denn die Freude am Herrn
ist eure Stärke." (Nehemia 8,10)
„Seid gewiss: Ich bin bei euch alle Tage bis zum
Ende der Welt." (Matthäus 28,20)
„Euer Herz lasse sich nicht verwirren. Glaubt an Gott
und glaubt an mich!" (Johannes 14,1)
„Wir wissen, dass Gott bei denen, die ihn lieben,
alles zum Guten führt." (Römerbrief 8,28)

„Werft alle eure Sorge auf ihn, denn er kümmert sich um euch.“ (1. Petrusbrief 5,7)
„Seht, wie groß die Liebe ist, die der Vater uns geschenkt hat: Wir heißen Kinder Gottes und wir sind es.“ (1. Johannesbrief 3,1)

Segen

So segne uns Gott der Vater, der Sohn und der Heilige Geist. Amen.

Lied

Ein Funke aus Stein geschlagen (GfY 632)
oder: Da wohnt ein Sehnen (GL 909)

Beten an der Klagemauer

»Man weiß, dass man beim Pflücken der Rosen immer Dornen antrifft, bei den Dornen sind aber auch immer Rosen.« Don Bosco

Vorbereitung und Material: *Raum abdunkeln (evtl. nur Kerzenlicht). Zentrum mit dunklen Tüchern gestalten, auf denen aus Ziegeln eine „Klagemauer“ errichtet ist. Zettel (DIN A6) und Stifte auslegen. Eine Kerze pro Person steht bereit, um angezündet zu werden.*

Begrüßung und Kreuzzeichen

Lied

Herr, bleibe bei uns (Kanon) (GfY 339/GL 89)

Einleitung

In der Bibel geschieht es sehr oft, dass Menschen ihr Leid vor Gott bringen und ihn anklagen, ihm vorwerfen, was schiefläuft, ihn anflehen, etwas zu verändern. Oft werden der Zorn, die Trauer, die Enttäuschung, die Verletzung mit sehr starken Bildern vor Gott gebracht, wie es beispielsweise die betende Person von Psalm 102 ausdrückt.

Psalm 102,2–12

Herr, höre mein Gebet! *
Mein Schreien dringe zu dir.
*Verbirg dein Antlitz nicht vor mir! **
Wenn ich in Not bin, wende dein Ohr mir zu!
Wenn ich dich anrufe,*
erhöre mich bald!
*Meine Tage sind wie Rauch geschwunden, **
meine Glieder wie von Feuer verbrannt.
Versengt wie Gras und verdorrt ist mein Herz, *
sodass ich vergessen habe, mein Brot zu essen.
*Vor lauter Stöhnen und Schreien **
bin ich nur noch Haut und Knochen.
Ich bin wie eine Dohle in der Wüste, *
wie eine Eule in öden Ruinen.
*Ich liege wach und ich klage **
wie ein einsamer Vogel auf dem Dach.
Den ganzen Tag schmähen mich die Feinde; *
die mich verhöhnen, nennen meinen Namen beim Fluchen.
*Staub muss ich essen wie Brot, **
mit Tränen mische ich meinen Trank;
denn auf mir lasten dein Zorn und dein Grimm. *
Du hast mich hochgerissen und zu Boden geschleudert.
*Meine Tage schwinden dahin wie Schatten, **
ich verdorre wie Gras.

Aktion

Auch wir kennen Leiderfahrung in unserem Leben oder erleben sie bei anderen bzw. lesen davon in der Zeitung. Diese Erfahrungen wollen wir jetzt vor Gott bringen: unsere Klage, unsere Wut, unser Unverständnis, unsere Hilflosigkeit. In der Mitte ist eine Klagemauer aufgebaut. Du kannst deine Klagen, deine Wut und all das, was du an Leid vor Gott bringen möchtest, auf einen Zettel schreiben und in die Mauerritzen stecken, wie es auch an der großen Klagemauer in Jerusalem geschieht.

Weiterführende Gedanken

In jedem Klagepsalm wird Gott nach der Klage immer als der Größere, Allwissende, Gute dargestellt. Der_Die Betende hat trotz aller Leiderfahrung das Vertrauen in Gott nicht verloren. Gott wird sozusagen die Letztentscheidung überlassen, ob die für uns oft aussichtslose Situation so bleiben soll oder nicht.

Psalm 102,18.21.26–29

Er [Gott] wendet sich dem Gebet der Verlassenen zu, *
ihre Bitten verschmäht er nicht.
*Er will auf das Seufzen der Gefangenen hören **
und alle befreien, die dem Tod geweiht sind.
Vorzeiten hast du der Erde Grund gelegt, *
die Himmel sind das Werk deiner Hände.
Sie werden vergehen, du aber bleibst; *
sie alle zerfallen wie ein Gewand;
du wechselst sie wie ein Kleid *
und sie schwinden dahin.
Du aber bleibst, der du bist, *
und deine Jahre enden nie.
Die Kinder deiner Knechte werden (in Sicherheit) wohnen, *
ihre Nachkommen vor deinem Antlitz bestehen.

Weiterführende Gedanken

In vielen Bibelstellen wird beschrieben, dass Gott solche Klagen hört und dass er antwortet in Worten, aber meist einfach durch Taten, durch seine Zuwendung zu den Menschen. Andrea Schwarz hat in einem Text eine solche Antwort Gottes sehr gut beschrieben:

Aushalten

ich kann dir dein Kreuz nicht nehmen
ich kann dir Schmerz und Leid nicht ersparen
ich kann dir deine Schritte nicht abnehmen
aber ich versprech dir
ich werde alles tun um mit dir zu sein

Andrea Schwarz, Wenn Chaos Ordnung ist

Aktion

Es besteht die Möglichkeit, eine Hoffnungskerze anzuzünden für Personen, von denen wir wissen, dass sie in schwierigen Situationen sind: für Betroffene von Krieg, Gewalt, Ausgrenzung oder Naturkatastrophen, für uns selbst mit all den Schwierigkeiten, die gerade unser Leben beeinflussen. Diese Kerzen stellen wir um die Klagemauer herum auf, mit der Bitte an Gott, dass er Trauer und Leid in Freude verwandle.

Lied zum Anzünden der Kerzen

Wie ein Fest nach langer Trauer (GfY 579)
oder: Christus, dein Licht (GL 989)

Segen

Segen soll dich auf allen Wegen begleiten,
du sollst behütet sein jeden Tag von Neuem.
Bei jedem Schritt und Tritt,
bei den Aufgaben, die du in diesen Tagen zu bewältigen hast.
Er sei um dich,
über dir,
in dir.
Wohin du auch gehst
soll Gottes guter Segen bei dir sein.

Bianca Weismann, Schülerin

Lied

Dann wird ein Fest sein (GfY 726)
oder: Bewahre uns Gott (GL 453)

Mit Maria Jesus begegnen

Vorbereitung und Material: *Einen Krug mit Wasser und einen Krug mit Wein als Dekoration befüllen.*

Begrüßung und Kreuzzeichen

Lied

Ubi caritas et amor (GfY 602/GL 445)

Meditation

Wir alle sind unterwegs, gehen dem Ziel unseres Lebens entgegen. Immer wieder müssen wir uns deswegen neu orientieren, damit wir dieses Ziel auch sicher erreichen. Ist es das Ziel unseres Lebensweges, zum Vater zu kommen, endgültig in seiner Gegenwart zu leben, ganz und gar in seiner Liebe, dann kann das Beispiel Marias immer wieder hilfreich in unser Leben hineinwirken.

Evangelium: Johannes 2,1–3

Am dritten Tag fand in Kana in Galiläa eine Hochzeit statt, und die Mutter Jesu war dabei. Auch Jesus und seine Jünger waren zur Hochzeit eingeladen. Als der Wein ausging, sagte die Mutter Jesu zu ihm: Sie haben keinen Wein mehr.

Meditation

Der Wein ist Sinnbild für Lebensfreude und das Leben. Er geht aus. Sicherlich spürt jede_r von uns dann und wann, dass ihr_ihm die Lebensfreude „ausgeht". Dann wird das Leben mühsam. Wann ist mir zum letzten Mal das Leben mühsam geworden? Wann ist mir zum letzten Mal die Lebensfreude „ausgegangen"?

Stille

Lied

Confitemini Domino (GfY 254/GL 618/2)

Evangelium: Johannes 2,4–5

Jesus erwiderte ihr: Was willst du von mir, Frau? Meine Stunde ist noch nicht gekommen. Seine Mutter sagte zu den Dienern: Was er euch sagt, das tut!

Meditation

„Was er euch sagt, das tut!", sind die Worte Marias zu den Dienern. Und sie sind zugleich auch ihre Worte an uns. Was Jesus uns sagt, das sollen wir tun. Wenn uns der „Wein des Lebens" einmal ausgegangen ist, dann sollen wir auf Jesus vertrauen und darauf, was er uns zu sagen hat. Maria setzt ihr Vertrauen in ihren Sohn. So wie sie wollen auch wir vertrauen lernen.

Stille

Lied

Confitemini Domino (GfY 254/GL 618/2)

Evangelium: Johannes 2,6–9b.11

Es standen dort sechs steinerne Wasserkrüge, wie es der Reinigungsvorschrift der Juden entsprach; jeder fasste ungefähr hundert Liter. Jesus sagte zu den Dienern: Füllt die Krüge mit Wasser! Und sie füllten sie bis zum Rand. Er sagte zu ihnen: Schöpft jetzt und bringt es dem, der für das Festmahl verantwortlich ist. Sie brachten es ihm. Er kostete das Wasser, das zu Wein geworden war. Er wusste nicht, woher der Wein kam; die Diener aber, die das Wasser geschöpft hatten, wussten es. So tat Jesus sein erstes Zeichen, in Kana in Galiläa, und offenbarte seine Herrlichkeit, und seine Jünger glaubten an ihn.

Meditation

Aus Wasser wird Wein – aus Wasser, Symbol für die Leben spendende Kraft auf Erden, wird Wein, Symbol der Lebensfreude. Jesus schenkt den Hochzeitsgästen nicht nur das Wasser, das Leben spendet, nein, er beschenkt sie mit Wein, damit aus dem Hochzeitsfest keine Trauerfeier wird. Jesus will, dass wir Freude am Leben haben. Und so wie er die Hochzeitsgäste damit beschenkt hat, so will er auch uns beschenken.

Stille

Lied

Confitemini Domino (GfY 254/GL 618/2)

Gebet

Gott, unser Vater, du hast Maria erwählt, die Mutter deines Sohnes zu werden und Jesus auf seinem Lebensweg zu begleiten. Sie hat – wie kein anderer Mensch – am Leben Jesu teilgenommen. Ja, wir dürfen uns in allen Phasen unseres Lebens von Maria, unserer Mutter, begleitet wissen. So danken wir dir, guter Vater, für ihre Wegbegleitung alle Tage unseres Lebens. Amen.

Lied

Magnificat (Kanon) (GfY 337/GL 390)

Lektor_in

Meine Seele preist Gott, meinen Erlöser,
und mein Geist singt von der Liebe meines Schöpfers.
Denn er neigte sich mir zu,
drang in mein Leben ein
und durchkreuzte meine Pläne.
Er lässt mich immer wieder umdenken,
loslassen, still werden,
um seine Stimme zu hören
und in sein Geheimnis einzudringen,
indem er sich mir ganz schenkt.

Lied

Magnificat (Kanon) (GfY 337/GL 390)

Lektor_in

Er gibt mir den Mut zum Wagnis
und die Kraft, ihm mein ganzes Leben anzuvertrauen.
Er nahm mir all meine Vorstellungen,
und in der Schwachheit entdeckte ich
mein Arm- und Kleinsein vor seiner Größe.
So hat er gehandelt, um mich mit seiner Liebe zu beschenken,
um allen Menschen sein Wirken zu offenbaren,
um meine Brüder und Schwestern
seine heilende und befreiende Liebe spüren zu lassen.

Lied

Magnificat (Kanon) (GfY 337/GL 390)

Lektor_in

Jene, deren Hände voll sind,
und die sich selber zur Mitte machen,

können Gottes Liebe nicht annehmen.
Gott findet in ihrem Herzen keinen Platz,
und so werden ihre Pläne zerbrechen.
Jene aber, die sich mit Sehnsucht und leeren Händen
dem Schöpfer öffnen,
lässt er teilhaben an der Fülle des Lebens.
In Hoffnung und Mut erhebe ich meine Stimme
und singe für dich ein Lied des Dankes und der Freude
für alle Zeiten, jetzt und immer. Amen.

Lied

Magnificat (Kanon) (GfY 337/GL 390)

Fürbitten

V: Lass unser Leben reifen, Gott, all unsere Quellen entspringen in dir. Wir haben viele Krüge, doch oft geht uns der Wein aus: der Wein der Menschenfreundlichkeit, des Erbarmens, des Wohlwollens.
A: Fülle unsere Krüge.
V: Oft geht uns der Wein im Leben aus. Dann wird das Leben zur Hölle und wir sind getrennt von dir.
Hilf du uns, all unsere leeren Krüge vollzuschöpfen.
A: Fülle unsere Krüge.
V: Gott, wenn wir alles getan haben, was wir tun konnten,
dann lass du das Wunder geschehen:
Verwandle Trauer in Freude,
Verzweiflung in Hoffnung,
Totes in Lebendiges.
Und lass unseren Wein reifen, immer besser
und kostbarer werden.
A: Fülle unsere Krüge.

Vaterunser

Segen

Zu Pfingsten sandte Gott allen,
die an ihn glaubten, den Heiligen Geist.
Bei der Hochzeit zu Kana wirkte Jesus sein erstes Wunder
und verwandelte Wasser in Wein.
Beide Male war Maria dabei.
So wandle, Gott, auch uns durch deinen Segen
immer wieder neu
und erfülle uns, wie Maria,
nicht nur mit Wasser, nicht nur mit Wein,
sondern mit deinem Geist,
Gott – Vater, Sohn und Heiliger Geist. Amen.

BETEN – VOLL IM LEBEN

Im Gebet dürfen wir mit unserem ganzen Leben zu Gott kommen. Jede Situation kann Anlass und Einladung zum Gebet sein, gerade auch dann, wenn wir vor schwierigen oder herausfordernden Ereignissen stehen.
Im Kapitel „Beten – Voll im Leben“ finden sich Gebete, welche die Buntheit und Fülle des Lebens vor Gott zur Sprache bringen wollen.

Zeit für mich – Zeit für Gott

Vorbereitung und Material: *Kerzen, Stifte (Buntstifte, Filzstifte, Farbstifte, Ölkreiden), leere Blätter, Bibelstelle (Jesaja 43,1b–5a zwei Mal nebeneinander auf jedes Blatt kopieren), meditative Musik, Material für verschiedene Stationen (Landschaftsbilder, Menschenbilder, Bibeln in verschiedenen Sprachen, Bibelstellen auf Papierstreifen zum Ziehen, Bücher mit Geschichten und Impulstexten) vorbereiten.*

Begrüßung und Kreuzzeichen

Lied

In Dir allein wird meine Seele still (GfY 350/GL 709) *(sofern es am Abend gesungen wird)*
oder: Meine Zeit steht in Deinen Händen (GfY 316/GL907)

Bibelstelle: Jesaja 43,1b–5a

Fürchte dich nicht, denn ich habe dich ausgelöst, ich habe dich beim Namen gerufen, du gehörst mir. Wenn du durchs Wasser schreitest, bin ich bei dir, wenn durch Ströme, dann reißen sie dich nicht fort. Wenn du durchs Feuer gehst, wirst du nicht versengt, keine Flamme wird dich verbrennen. Denn ich, der Herr, bin dein Gott, ich, der Heilige Israels, bin dein Retter. Ich gebe Ägypten als Kaufpreis für dich, Kusch und Seba gebe ich für dich. Weil du in meinen Augen teuer und wertvoll bist und weil ich dich liebe, gebe ich für dich ganze Länder und für dein Leben ganze Völker. Fürchte dich nicht, denn ich bin mit dir.

Aktion

Die Bibelstelle wird gemeinsam gelesen. Jede_r soll den Text der Bibelstelle zwei Mal nebeneinander auf einer Kopie haben. Jede_r hat einen dunklen Filzstift und beginnt bei einem der Texte, jene Wörter auszustreichen, die ihr_ihm nicht so wichtig sind. Dieses Ausstreichen geht so lange, bis nur noch drei bis fünf Wörter übrig bleiben. Wer möchte, kann die wichtigsten Wörter laut vorlesen.

Zeit für Stille und Gebet

Verschiedene Stationen sind im ganzen Raum/in der ganzen Kirche vorbereitet, ruhige Musik spielt im Hintergrund (alternativ: eigener

Gesang). Die Zeit der Stille und des Gebets kann jede_r für sich gestalten: zu den Stationen gehen, einfach dasitzen, schreiben, Bibel lesen. Bitte den Raum still verlassen, damit die anderen nicht gestört werden.

Stationen

- Bibeln in verschiedenen Übersetzungen
- Bilder und Fotos zum Meditieren
- Papier und Farbstifte zum Malen
- Texte und Impulsbücher
- Papier und Stifte zum Schreiben
- Platz für Ruhe

Wichtig: Zeit haben/Atmosphäre – Bilder – Texte – Musik auf sich wirken lassen …

Gott braucht mich für seine Welt – Globale Verantwortung

»Das Beste, was wir auf Erden tun können, ist Gutes tun und fröhlich sein!« Don Bosco

Vorbereitung und Material: *Sieben brennende Kerzen in die Mitte stellen und eine dünne Kerze zum Anzünden bereitlegen.*

Begrüßung und Kreuzzeichen

Lied

Liebe ist nicht nur ein Wort (GfY 646/GL 854)

Anfangsimpuls

Sieben Kerzen brennen. Verschiedene Personen lesen kurze Sätze vor und löschen nach dem jeweiligen Satz eine Kerze aus.

Klimawandel: Ich bin der Klimawandel. Durch mich entstehen Klimakatastrophen, die Menschen ihrer Lebensgrundlagen berauben.

Krieg: Ich, der Krieg, säe Hass und blinde Wut. Durch die gehorsame Befolgung der Befehle sterben unzählige Menschen.
Weltwirtschaftskrise: Durch mich, die Weltwirtschaftskrise, schaut jede_r in schlechteren Zeiten zuerst oder nur auf sich, damit das eigene Überleben gesichert ist.
Egoismus/Desinteresse: Ich, der Egoismus, habe es ganz leicht. Was interessiert mich schon der oder die andere? Ich allein bin wichtig in meiner Welt.
Angst vor dem Fremden: Die Angst vor dem Fremden verhindert den ersten Schritt, auf andere zuzugehen. Baut die Grenzen hoch! Sperrt euch ein!
Ausländerfeindlichkeit: Die Schwarzen sollen alle wieder in den Dschungel verschwinden. Ausländer, haut ab! Ich, die Ausländerfeindlichkeit, lass das viele Menschen sagen.
Politik: Ich, die Politik, bestimme, wie in unserem Land rechtlich umgegangen wird. Alle einzelnen Individuen des Volkes haben dies zu unterstützen. Was will ein_e Einzelne_r da bewirken?

Lied

Meine engen Grenzen (GfY 26/GL 437)

Dieselben sieben Personen lesen kurze Sätze vor. Sie zünden nach dem jeweiligen Satz die Kerze wieder an, die sie ausgelöscht haben.

Klimawandel: Auch ich kann etwas tun: Weniger fliegen, auf meinen Energieverbrauch achten oder auch schon den Müll trennen trägt zur Verlangsamung des Klimawandels bei.
Krieg: Krieg entsteht im Kleinen, auch bei uns. Vergebung ist ein leicht ausgesprochenes Wort, doch die Tat dahinter ist groß.
Weltwirtschaftskrise: Auch in dieser Zeit heißt es nicht nur auf sich zu schauen. Schon allein durch den Kauf von Fair-Trade-Produkten kann ich meine Solidarität ausdrücken und verhelfe den Landwirt_innen zu einem fairen Einkommen.
Egoismus/Desinteresse: Hinsehen, wahrnehmen und aufnehmen. Sich für andere interessieren und sich ihrer annehmen verbindet Menschen.
Angst vor dem Fremden: Ängste überwinden und neugierig sein, aufeinander zugehen und den anderen annehmen. Auch in unserem Ort leben Menschen, die wir zu Fremden machen.
Ausländerfeindlichkeit: Eine Welt – eine Menschheit. Aufnahme und Integration entstehen nur da, wo dies auch zugelassen wird und nicht schon von vornherein durch Vorurteile blockiert wird.
Politik: Ich kann etwas tun, denn jeder Weg beginnt mit dem ersten Schritt. Vieles hat positive Auswirkungen für andere, doch oft sind diese Auswirkungen für uns kaum erkennbar. Nur nicht aufgeben und dranbleiben!

Fürbitten

Wir halten Stille und gedenken der Menschen auf den fünf Kontinenten, mit denen wir uns solidarisch verbunden fühlen.

Gott allein kann schaffen

Gott allein kann schaffen,
aber du kannst das Erschaffene zur Geltung bringen.
Gott allein kann Leben schenken,
aber du kannst es weitergeben und achten.
Gott allein kann Gesundheit schenken,
aber du kannst führen und heilen.
Gott allein kann den Glauben schenken,
aber du kannst dein Zeugnis geben.
Gott allein kann Hoffnung einpflanzen,
aber du kannst deinem Bruder,
deiner Schwester Vertrauen schenken.
Gott allein kann die Liebe schenken,
aber du kannst andere lieben lehren.
Gott allein kann den Frieden schenken,
aber du kannst Einheit stiften.
Gott allein kann die Freude schenken,
aber du allen dein Lächeln.
Gott allein kann Kraft geben,
aber du einen Entmutigten aufrichten.
Gott allein ist der Weg,
aber du kannst ihn den anderen zeigen.
Gott allein ist das Licht,
aber du kannst es in den Augen der anderen zum Leuchten bringen.
Gott allein kann Wunder wirken,
aber du kannst fünf Brote und zwei Fische bringen.
Gott allein kann das Unmögliche,
aber du kannst das Mögliche tun.
Gott allein genügt sich selbst,
aber er hat es vorgezogen, auf dich zu zählen.

Aus Brasilien

Gedanken

Oft fühlen wir uns allein zu klein, um etwas Großes bewirken zu können. Wir denken uns: „Was kann ein Einzelner, eine Einzelne schon bei so viel Ungerechtigkeit bewirken?“ Doch Gott ermutigt uns immer wieder, einfach zu starten und unseren Weg nach dem Vorbild Jesu zu gehen: Auch Jesus hat nicht die ganze Welt auf einmal verändert, sondern in seinem Bereich mit einem kleinen Jünger_innenkreis begonnen.

Vaterunser

In Verbindung mit allen, die sich für eine gerechtere Welt einsetzen, beten wir gemeinsam das Vaterunser.

Segen

Und dieser Gott, der auf uns zählt, segne uns
und stärke uns,
damit wir uns für das Gute einsetzen können.
Darum bitten wir Gott den Vater, den Sohn
und den Heiligen Geist. Amen.

Lied

Jetzt ist die Zeit (GfY 14)
oder: Brot, das die Hoffnung nährt (GL 378)

Perfect World – Reich Gottes

Vorbereitung und Material: *Don Bosco Zitate zum Auflegen und Impulsfragen auf Zetteln werden benötigt. (In diesem Buch findet man viele Zitate Don Boscos zu unterschiedlichen Lebenslagen)*

Begrüßung und Kreuzzeichen

Lied

Jetzt ist die Zeit (GfY 14)
oder: Wenn das Brot, das wir teilen (GL 470)

Bibelstelle: Lukas 17,20–21

Als Jesus von den Pharisäern gefragt wurde, wann das Reich Gottes komme, antwortete er: Das Reich Gottes kommt nicht so, dass man es an äußeren Zeichen erkennen könnte. Man kann auch nicht sagen: Seht, hier ist es!, oder: Dort ist es! Denn: Das Reich Gottes ist (schon) mitten unter euch.

Gedanken

„Das Reich Gottes ist (schon) mitten unter euch!" Reich Gottes ist die zentrale Botschaft Jesu. Und er selbst lebt es auch so. Er lässt die Menschen spüren, dass Gott die Macht auf der Welt hat, und lässt Menschen Heilung erfahren, heile Momente erleben. Auch heute können wir immer wieder solche Momente einer heilen Welt erfahren. Oft sind es Menschen, die für uns und unsere Umgebung das Leben *heil* werden lassen: *heilige* Menschen.

Auch Don Bosco war so ein Mensch, der vielen Menschen, vor allem Jugendlichen, das Reich Gottes durch Heilsmomente erfahrbar gemacht hat. Er und viele andere Heilige werden uns von der Kirche als Vorbilder vorgestellt. Vorbilder in der Beziehung zu Gott und im Da-Sein für andere, Vorbilder darin, das Reich Gottes gegenwärtig werden zu lassen.

Zeit für Stille, zum Gebet und Nachdenken

(10–15 Minuten)
Don Bosco Zitate liegen in der Kirche auf. Jede_r sucht sich einen Platz im Raum/in der Kirche, wo er_sie alleine sein kann. Im Hintergrund wird Musik gespielt.

Impulsfragen

(liegen als Kopie für jede_n aus)

- Wo habe ich heile Momente in meinem Leben erfahren, in denen das Reich Gottes ein Stück Wirklichkeit wurde?
- Wie kann ich anderen in meinem Umfeld Heil bringen?
- Kann mir ein Spruch Don Boscos helfen, konkrete Schritte zu setzen? Wie?
- Wie kann unsere Jugendgruppe/Klasse/Gemeinde zu Momenten der Freude, des Heils, des Reiches Gottes finden?

Lied

Der Himmel geht über allen auf (GfY 303/GL 904)

Vaterunser

Gedanken

Demut und Kraft

wer sich von Gott geliebt weiß
der kann loslassen weil er sich gehalten weiß
der kann herschenken weil er die Fülle kennt
der kann verzichten weil er genießen kann
der kann bedingungslos lieben weil er sich selbst geliebt weiß
der kann einstehen weil einer für ihn einsteht
der kann teilen weil er beschenkt wird
der kann Stellung beziehen weil er Stand hat
der kann schweigen und hören weil er der Stimme glaubt
der kann tanzen weil er die Melodie hört
der kann auftreten weil er Gott vortreten lassen kann
der kann für die Menschen sein weil er für sich ist
der kann für sich sein weil Gott für ihn ist

Andrea Schwarz

Aus: Schwarz/Grün, Und alles lassen, weil er mich nicht lässt

Segen

Dieser Gott,
der uns die nötige Kraft und Demut schenkt,
der will, dass wir heilsame Momente erleben,
Gott der Vater, der Sohn und der Heilige Geist
segne uns mit seiner Liebe.
Amen.

Lied

Herr, bleibe bei uns (Kanon) (GfY 339/GL 89)

Mit Gott reden – Mehrsprachiges Gebet

Vorbereitung und Material: *Je eine Kerze zum Anzünden in die Mitte stellen und den Psalm in der jeweiligen Muttersprache/Fremdsprache vortragen.*

Begrüßung und Kreuzzeichen

Lied

Laudate Dominum (GfY 251/GL 394)

Psalm 23 (GL 37)

Der Herr ist mein Hirte, *
nichts wird mir fehlen.
*Er lässt mich lagern auf grünen Auen **
und führt mich zum Ruheplatz am Wasser.
Er stillt mein Verlangen; *
er leitet mich auf rechten Pfaden, treu seinem Namen.
*Muss ich auch wandern in finsterer Schlucht, **
ich fürchte kein Unheil;
denn du bist bei mir, *
dein Stock und dein Stab geben mir Zuversicht.
*Du deckst mir den Tisch **
vor den Augen meiner Feinde.
Du salbst mein Haupt mit Öl, *
du füllst mir reichlich den Becher.
*Lauter Güte und Huld werden mir folgen mein Leben lang **
und im Haus des Herrn darf ich wohnen für lange Zeit.

Psalm 23

The Lord is my shepherd; *
there is nothing I lack.
*In green pastures you let me graze; **
to safe waters you lead me;
you restore my strength. *
You guide me along the right path
for the sake of your name.
*Even when I walk through a dark valley *,*
I fear no harm
for you are at my side; *
your rod and staff give me courage.
*You set a table before me **
as my enemies watch;
You anoint my head with oil; *
my cup overflows.

Only goodness and love
*will pursue me all the days of my life; **
I will dwell in the house of the LORD for years to come.

Salmo 23

El Señor es mi Pastor, *
nada me falta:
*en verdes praderas me hace recostar; **
me conduce hacia fuentes tranquilas
y repara mis fuerzas; *
me guía por el sendero justo, por el honor de su nombre.
*Aunque camine por cañadas oscuras, **
nada temo,
porque tu vas conmigo: *
tu vara y tu cayado me sosiegan.
*Preparas una mesa ante mí, **
enfrente de mis enemigos;
me unges la cabeza con perfume, *
y mi copa rebosa.
*Tu bondad y tu misericordia me acompañan todos los días de mi vida, **
y habitaré en la casa del Señor por años sin término.

Stille

Lied

Bless the Lord, my soul (GfY 673)
oder: Laudate omnes gentes (GL 386)

Fürbitten

Jede_r darf eine Kerze für eine Person anzünden, der man Schutz, Geborgenheit, Segen wünscht.

Vaterunser

Alle beten gleichzeitig in der eigenen Muttersprache. Das Vaterunser in verschiedenen Sprachen findest du auf Seite 147 f.

Lied

Meine Hoffnung und meine Freude (GfY 649/GL 365)

Mehrsprachiges Segensgebet

The Lord send us His blessings,
El Señor esté siempre con nosotros,
Le Seigneur soit notre lumière dans toutes nos oscurités,
Gott, der Vater,
filius
e lo Spirito Santo.
Amen.

Kreuzzeichen

Meine kleine große Welt

»Nur Mut – immer Mut! Wir wollen nie ermüden, Gutes zu tun, und Gott wird mit uns sein.« Don Bosco

Vorbereitung und Material: *In der Mitte steht eine Weltkugel (Globus oder Wasserball). Haftnotizzettel und Stifte liegen bereit.*

Begrüßung und Kreuzzeichen

Lied

Meine engen Grenzen (GfY 26/GL 437)

Impuls

Der Weg

Den Weg, den du vor dir hast, kennt keiner.
Nie ist ihn einer so gegangen, wie du ihn gehen wirst.
Es ist dein Weg.
Unauswechselbar.
Du kannst dir Rat holen, aber entscheiden musst du.
Hör auf die Stimme deines inneren Lehrers.
Gott hat dich nicht allein gelassen.
Er redet in deinen Gedanken zu dir.
Vertraue ihm und dir.

Nimm dich an.
Sei du die, die du bist.
Sei du der, der du bist.
Erst dann fängst du an zu werden,
was du sein möchtest.

Versteh deine Schwächen,
erst dann kannst du mit ihnen arbeiten
und sie zu Stärken verwandeln.

Setz deine Stärken so ein,
dass du noch zerbrechlich bleibst,
du niemand unnötig abschreckst.
Achte auf deine Unsicherheiten,
sie öffnen dir Wege in ein neues Land.

Wenn du Rollen spielst und tust,
was alle tun oder was man von dir verlangt,
dann fehlt niemand, wenn du weg bist,
weil ein anderer die Rolle übernimmt.

Du bist mehr als eine Rolle.
Wer bist du?
Was du erlebt hast, hat dich geprägt
und dir deine unauswechselbare Sicht gegeben.

Die Entscheidungen, die du getroffen hast,
haben dir Wege geöffnet und dafür andere verschlossen.
Die offenen Türen sind nur für dich.
Nur deine Unentschiedenheit wird sie schließen.

Deinen Beitrag zur Welt wird keiner leisten,
weil niemand die Welt so sieht wie du.

Glaub, dass du einen Beitrag zu geben hast.
Du wirst wahrscheinlich den Kurs der Welt nicht verändern,
kein Held auf internationaler Szene sein.
Aber da, wo du bist, wirst du als Du gebraucht.

Es entsteht ein Loch, wenn du weg bist.
Aber du musst es glauben und dich auch so bewegen:
Nur wenn du Du bist, leistest du einen
wichtigen Beitrag.

Ulrich Schaffer

Lied

Hände, die schenken (GfY 533/GL 893)
oder: Wir mischen mit (Text und Melodie: Claudia Mitscha-Eibl)

Impuls

Wir wollen mitmachen und mitmischen und die Erde bunter gestalten. Ihr seht in der Mitte eine Weltkugel. Symbolisch dafür, dass jede_r von uns die Erde mitgestalten kann, bitte ich jede_n Einzelne_n von euch, einen oder mehrere Haftnotizzettel zu gestalten und darauf zu schreiben, was du zu einer bunteren Welt beitragen kannst – seien es deine Talente und Fähigkeiten, seien es Ideen, die du verwirklichen möchtest, um die Welt zum Guten zu verändern, oder einfach, indem du ein Zettelchen bunt bemalst. Wenn du fertig bist, klebe deinen Beitrag auf die Weltkugel. Anschließend kann jede_r auch aussprechen, was der eigene Beitrag ist.

Zeit der Stille zum Nachdenken und Schreiben

Bibelstelle: Genesis 1,27–31a

Gott schuf also den Menschen als sein Abbild; als Abbild Gottes schuf er ihn. Als Mann und Frau schuf er sie. Gott segnete sie und Gott sprach zu ihnen: Seid fruchtbar und vermehrt euch, bevölkert die Erde, unterwerft sie euch und herrscht über die Fische des Meeres, über die Vögel des Himmels und über alle Tiere, die sich auf dem Land regen. Dann sprach Gott: Hiermit übergebe ich euch alle Pflanzen auf der ganzen Erde, die Samen tragen, und alle Bäume mit samenhaltigen Früchten. Euch sollen sie zur Nahrung dienen. Allen Tieren des Feldes, allen Vögeln des Himmels und allem, was sich auf der Erde regt, was Lebensatem in sich hat, gebe ich alle grünen Pflanzen zur Nahrung. So geschah es. Gott sah alles an, was er gemacht hatte: Es war sehr gut.

Segen

Gott segne deinen Weg:
die sicheren und die tastenden Schritte,
die einsamen und die begleiteten,
die großen und die kleinen.
Gott segne dich auf deinem Weg:
mit Atem über die nächste Biegung hinaus,
mit unermüdlicher Hoffnung,
die vom Ziel singt, das sie nicht sieht,
mit dem Mut, stehen zu bleiben,
und der Kraft, weiterzugehen.
Gottes Segen umhülle dich auf deinem Weg
wie ein bergendes Zelt.
Gottes Segen nähre dich auf deinem Weg
wie das Brot und der Wein.
Gottes Segen leuchte dir auf deinem Weg
wie das Feuer in der Nacht.
Geh im Segen und gesegnet bist du,
wirst ein Segen,
bist ein Segen,
wohin dich der Weg auch führt.

Lied

Gottes guter Segen sei mit euch (GfY 282)
oder: Der Herr wird dich mit seiner Güte segnen (GL 452)

Mutmacher

Vorbereitung und Material: *Luftballons, Mehl oder Sand zum Füllen, wasserfeste Stifte und Kopien, auf denen der Text von Jörg Zink abgedruckt ist, bereitlegen.*

Begrüßung und Kreuzzeichen

Lied

Ich singe für die Mutigen (GfY 110)
oder: Gott hat mir längst einen Engel gesandt (GL 966)

Einleitung

Jede_r hat manchmal Situationen, in denen er_sie sich klein und schwach fühlt. Hören wir dazu eine Geschichte von Colombin und wie er damit umgegangen ist.

Geschichte von Colombin

Am Hofe gab es starke Leute und gescheite Leute, der König war ein König, die Frauen waren schön und die Männer mutig, der Pfarrer war fromm und die Küchenmagd fleißig, nur Colombin, Colombin war nichts.

Wenn jemand sagte: „Komm, Colombin, kämpf mit mir!“, sagte Colombin: „Ich bin schwächer als du.“ Wenn jemand sagte: „Wie viel gibt zwei mal sieben?“, sagte Colombin: „Ich bin dümmer als du.“ Wenn jemand sagte: „Getraust du dich, über den Bach zu springen?“, sagte Colombin: „Nein, ich getraue mich nicht.“

Und wenn der König fragte: „Colombin, was willst du werden?“, antwortete Colombin: „Ich will nichts werden, ich bin schon etwas, ich bin Colombin.“

Peter Bichsel

Aktion Mutmacher

Manchmal ist es gut, erinnert zu werden, wie wertvoll jeder einzelne Mensch ist. Oft vergessen wir es selbst. Wir wollen so eine Erinnerung nun selbst gestalten:
Jede_r bekommt eine Kopie mit dem Text nach Psalm 139. Schreib auf die Rückseite einen Satz, der dich ermutigt, du selbst zu sein. Diesen Zettel faltest du ganz klein zusammen und steckst ihn in einen unaufgeblasenen Luftballon. Danach füllst du Sand/Mehl in den Luftballon, knotest ihn zu, sodass er wie ein Knetball aussieht, und malst mit wasserfestem Stift ein ermutigendes, fröhliches Gesicht darauf.

Gebet

Text nach Psalm 139

Mein Gott, du siehst in mein Herz.
Du kennst mich.
Wie schön, dass du mir nahe bist
und ich geborgen bin bei dir.

Du siehst meine Sorge und Angst.
Du siehst alle meine Fluchtwege,
du hörst alle meine Ausflüchte,
mit denen ich verbergen will, was ist.
Du siehst mich, wenn ich träume
von großen Dingen, die ich tun will.
Und wenn ich versage dort,
wo ich das Notwendige tun soll.

Keinen Schritt kann ich tun,
den du nicht begleitest.
Kein Wort kann ich reden,
das du nicht hörst, ehe es laut wird.

Wie in zwei großen Händen
hältst du mich.
Ich bin darin geborgen
wie ein Vogel im Nest.

Jörg Zink, Psalmen und Gebete

Lied

Nada te turbe (GfY 690)
oder: Bleib mit deiner Gnade bei uns (GL 913)

Biblischer Mutmacher

Sei mutig und stark!
Fürchte dich also nicht, und hab keine Angst;
denn der Herr, dein Gott, ist mit dir bei allem, was du unternimmst. (Josua 1,9)

Lied

Nada te turbe (GfY 690)
oder: Bleib mit deiner Gnade bei uns (GL 913)

Abschlussgebet und Segen

Nichts soll dich ängstigen, nichts dich erschrecken.
Alles geht vorüber. Gott allein bleibt derselbe.
Alles erreicht der Geduldige, und wer Gott hat, der hat alles –
GOTT ALLEIN GENÜGT.

Teresa von Avila (1515–1582)

Und so segne uns der gütige und dreieinige Gott,
der Vater und der Sohn und der Heilige Geist. Amen.

Mit Gottes Maß messen

»Nehmen wir einander auch mit unseren Fehlern an, denn niemand ist vollkommen.« Don Bosco

Vorbereitung und Material: *Verschiedene Messgeräte (Lineal, Zollstab, Maßband, Fiebermesser, Messbecher, Stimmgerät, Waage, Wasserwaage, Elle, ...) werden benötigt.*

Begrüßung und Kreuzzeichen

Lied

Wir wollen aufstehn (GfY 601)
oder: Manchmal feiern wir (GL 472)

Anfangsimpuls

Zwei Freiwillige werden herausgebeten, die vermessen werden sollen: Größe, Armlänge, Fingerlänge, Gewicht des linken Fußes, Gewicht der Hand, Umfang vom rechten Nasenloch, Körpertemperatur, derzeitige Stimmung, innere Ausgewogenheit, Offenheit, Talente, Warmherzigkeit.
Wir haben falsche Messgeräte für die wichtigen Sachen im Leben. Welches Messgerät ist das richtige?

Evangelium: Lukas 6,39–42

Er [Jesus] gebrauchte auch einen Vergleich und sagte: Kann ein Blinder einen Blinden führen? Werden nicht beide in eine Grube fallen? Der Jünger steht nicht über seinem Meister; jeder aber, der alles gelernt hat, wird wie sein Meister sein. Warum siehst du den Splitter im Auge deines Bruders, aber den Balken in deinem eigenen Auge bemerkst du nicht? Wie kannst du zu deinem Bruder sagen: Bruder, lass mich den Splitter aus deinem Auge herausziehen!, während du den Balken in deinem eigenen Auge nicht siehst? Du Heuchler! Zieh zuerst den Balken aus deinem Auge; dann kannst du versuchen, den Splitter aus dem Auge deines Bruders herauszuziehen.

Impuls

Gott misst jede Person mit unterschiedlichem Maß. Auch wir sollen nicht alle mit dem gleichen Maß messen und bewerten, uns nicht mit anderen vergleichen, sondern aus der Barmherzigkeit Gottes heraus leben, wie Jesus es beschreibt mit dem Splitter im Auge der_des Nächsten und dem Balken in unserem eigenen.

Gesprächsimpuls

Habe ich schon Situationen erlebt, in denen sich, nachdem ich ein anderes Maß genommen habe, etwas verändert hat? Darüber könnt ihr euch untereinander austauschen.

Fürbitten

Wir beten zu Jesus Christus, der unsere Hoffnung ist:

V: Guter Gott, schenke allen Menschen Geduld und Nachsicht mit den Schwächen ihrer Mitmenschen.
A: Gott, erhöre unser Gebet.

V: Guter Gott, hilf uns in diesem Schul-, Studien- oder Arbeitsjahr, uns nicht ständig mit den anderen zu vergleichen, sondern sie mit deinem liebenden Blick zu sehen.
A: Gott, erhöre unser Gebet.

V: Guter Gott, wir bitten für die Kirche, dass sie sich immer wieder neu auf die Botschaft Jesu als Maßstab rückbesinnt.
A: Gott, erhöre unser Gebet.

V: Guter Gott, wir bitten dich für die Machthaber_innen auf der Welt, dass sie sich vor allem für die Menschen einsetzen, denen von der Gesellschaft immer zu wenig Wert zugemessen wird.
A: Gott, erhöre unser Gebet.
V: Guter Gott, wir bitten dich für die Verstorbenen, dass sie in deinem Reich deine unbegrenzte Barmherzigkeit erfahren.
A: Gott, erhöre unser Gebet.

Vaterunser

Abschlussgebet

Gott ist ganz anders

vergiss alle Eigenschaftswörter
verbrenn alle Bilder
schreib ihn nicht fest
trau keinem Namen
feilsche nicht
rechne nicht
mit dem Berechenbaren

nimm Abschied von deinen
Erwartungen
und lass dich überraschen

gib deiner Sehnsucht Raum
aber fessele ihn nicht

alle Versuche dir deinen Hausgott
zu basteln sind vergebens
Gott ist ganz anders
aber er sucht dich wenn du dich
finden lässt
er findet dich wenn du ihn suchst

Andrea Schwarz
Schwarz/Grün, Und alles lassen, weil er mich nicht lässt

Segen

Und so segne uns der gütige und dreieinige Gott,
der Vater und der Sohn und der Heilige Geist. Amen.

Lied

Wo Menschen sich vergessen (GfY 575)
oder: Die Herrlichkeit des Herrn (GL 412)

Lebensweg – Gott geht mit (pilgerndes Gebet)

»Tu, was du kannst, und Gott tut das Übrige.« Don Bosco

Anmerkung: *Dieses Gebet findet im Freien statt und dauert, wenn die Zeitangaben eingehalten werden, ein bis zwei Stunden (je nach Wegstrecke). Die Nachdenk- und Gehzeiten können je nach Gruppe auch verkürzt werden. Jede_r geht während des Gebets 20 bis 30 Minuten allein für sich. Am Ende der Strecke soll eine Wiese, ein Wald, ein Vorplatz einer Kapelle, ein Park oder Ähnliches sein. Am Beginn stehen alle gemeinsam in einem Kreis. Die Texte „Mein Weggefährte“ und „Geh deinen Weg“ müssen für jede_n als Kopie vorbereitet werden.*

Begrüßung und Kreuzzeichen

Lied

Du bist die Sonne (GfY 671)
oder: Mit dir geh ich alle meine Wege (GL 896)

Einleitung

Heute wollen wir ein Stück Lebensweg miteinander gehen. Nicht nur durch gemeinsam verbrachte Zeit, sondern indem wir wirklich ein Stück zusammen gehen.

Zu Beginn hören wir eine Erzählung aus der Bibel, in der Jesus mit zwei Jüngern unterwegs ist.

Lesung: Lukas 24,13–35

Am gleichen Tag waren zwei von den Jüngern auf dem Weg in ein Dorf namens Emmaus, das sechzig Stadien von Jerusalem entfernt ist. Sie sprachen miteinander über all das, was sich ereignet hatte. Während sie redeten und ihre Gedanken austauschten, kam Jesus hinzu und ging mit ihnen. Doch sie waren wie mit Blindheit geschlagen, sodass sie ihn nicht erkannten.

Er fragte sie: Was sind das für Dinge, über die ihr auf eurem Weg miteinander redet? Da blieben sie traurig stehen, und der eine von ihnen – er hieß Kleopas – antwortete ihm: Bist du so fremd in Jerusalem, dass du als einziger nicht weißt, was in diesen Tagen dort geschehen ist? Er fragte sie: Was denn? Sie antworteten ihm: Das mit Jesus aus Nazaret. Er war ein Prophet, mächtig in Wort und Tat vor Gott und dem ganzen Volk. Doch unsere Hohepriester und Führer haben ihn zum Tod verurteilen und ans Kreuz schlagen lassen. Wir aber hatten gehofft, dass er der sei, der Israel erlösen werde. Und dazu ist heute schon der dritte Tag, seitdem das alles geschehen ist. Aber nicht nur das: Auch einige Frauen aus unserem Kreis haben uns in große Aufregung versetzt. Sie waren in der Frühe beim Grab, fanden aber seinen Leichnam nicht. Als sie zurückkamen, erzählten sie, es seien ihnen Engel erschienen und hätten gesagt, er lebe. Einige von uns gingen dann zum Grab und fanden alles so, wie die Frauen gesagt hatten; ihn selbst aber sahen sie nicht.

Da sagte er zu ihnen: Begreift ihr denn nicht? Wie schwer fällt es euch, alles zu glauben, was die Propheten gesagt haben. Musste nicht der Messias all das erleiden, um so in seine Herrlichkeit zu gelangen? Und er legte ihnen dar, ausgehend von Mose und allen Propheten, was in der gesamten Schrift über ihn geschrieben steht.

So erreichten sie das Dorf, zu dem sie unterwegs waren. Jesus tat, als wolle er weitergehen, aber sie drängten ihn und sagten: Bleib doch bei uns; denn es wird bald Abend, der Tag hat sich schon geneigt. Da ging er mit hinein, um bei ihnen zu bleiben. Und als er mit ihnen bei Tisch war, nahm er das Brot, sprach den Lobpreis, brach das Brot und gab es ihnen. Da gingen ihnen die Augen auf und sie erkannten ihn; dann sahen sie ihn nicht mehr. Und sie sagten zueinander: Brannte uns nicht das Herz in der Brust, als er unterwegs mit uns redete und uns den Sinn der Schrift erschloss?

Noch in derselben Stunde brachen sie auf und kehrten nach Jerusalem zurück und sie fanden die Elf und die anderen Jünger versammelt. Diese sagten: Der Herr ist wirklich auferstanden und ist dem Simon erschienen. Da erzählten auch sie, was sie unterwegs erlebt und wie sie ihn erkannt hatten, als er das Brot brach.

Aktion

So wie die zwei Jünger unterwegs waren, wollen auch wir uns für das erste Stück unseres Weges zu zweit oder dritt zusammenfinden. Tausche dich mit den Personen, die mit dir gehen, über das eigene Leben und wie Gott darin vorkommt, aus. *(ca. 20 Minuten)*

Nächste Station

Wenn man im Leben unterwegs ist, ist es auch wichtig, Zeit für sich selbst zu haben. Allein sein ist nicht immer leicht, aber oft eine große Chance, mehr auf sich zu hören, zur Stille zu kommen und in dieser Stille auch Gott wahrzunehmen und auf ihn zu hören. Die nächste Wegstrecke soll so eine Zeit sein, in der jede_r alleine geht. Mit auf diesen Weg bekommt jede_r von euch einen der beiden folgenden Texte, der zum Nachdenken anregen kann. Sei dir bewusst, dass du nicht allein gehst. Gott geht mit dir mit. *(ca. 15 Minuten)*

Mein Weggefährte

Wer begleitet mich auf meinem Weg?
Wer führt mich, wenn ich auf dem Irrweg bin?
Wer leitet mich, wenn es dunkel ist?
Wer hilft mir, den rechten Weg zu finden,
wenn ich mich verlaufen habe?
Wer beschützt mich, wenn ich Angst habe?
Wer hilft mir auf, wenn ich hingefallen bin?
Wer bringt mich dazu, mich anderen zu öffnen?
Wer macht mir Mut, Neues zu wagen?
Wer bringt mich ans Ziel meiner Reise?

Du, mein Gott!

Julia Rad, Laura Reichhartinger, Schülerinnen

Geh deinen Weg

Weine wenn du kannst
aber gehe deinen Weg

Frage nach dem Sinn
zweifle
aber gehe deinen Weg

Freue dich über deine Erkenntnisse
aber bleibe nicht stehen
gehe deinen Weg

Lass dich begleiten
wenn du einsam bist
aber gehe deinen Weg

Adolf Rechner

Abschlussstation

Wie ging es dir auf diesem Wegstück in der Stille? *(je nach Gruppe können kurz Eindrücke und Gedanken ausgetauscht werden)*
Hier an unserer letzten Station wollen wir noch einmal das Wort Gottes hören.

Lesung: Jeremia 1,4–10

Das Wort des Herrn erging an mich:
Noch ehe ich dich im Mutterleib formte, habe ich dich ausersehen, noch ehe du aus dem Mutterschoß hervorkamst, habe ich dich geheiligt, zum Propheten für die Völker habe ich dich bestimmt.
Da sagte ich: Ach, mein Gott und Herr, ich kann doch nicht reden, ich bin ja noch so jung.
Aber der Herr erwiderte mir: Sag nicht: Ich bin noch so jung. Wohin ich dich auch sende, dahin sollst du gehen, und was ich dir auftrage, das sollst du verkünden. Fürchte dich nicht vor ihnen; denn ich bin mit dir, um dich zu retten – Spruch des Herrn.
Dann streckte der Herr seine Hand aus, berührte meinen Mund und sagte zu mir: Hiermit lege ich meine Worte in deinen Mund. Sieh her! Am heutigen Tag setze ich dich über Völker und Reiche; du sollst ausreißen und niederreißen, vernichten und einreißen, aufbauen und einpflanzen.

Aktion

Gott spricht den Propheten Jeremia direkt an. Er gibt ihm seine Berufung ganz konkret. So dramatisch, wie es in der Bibel beschrieben wird, kommt es heute kaum noch vor. Es ist selten, dass jemand Gott so konkret hört. Aber trotzdem merken wir in unserem Leben oft auf ganz leise Art und Weise, wie Gott sich bemerkbar macht und wie er uns die Idee unseres Lebensweges ins Herz legt.

Es ist jetzt Zeit, darüber nachzudenken und das auch kreativ auszudrücken. Wir sind hier mitten in der Natur und es gibt viel Platz. Such dir einen guten Platz für dich und probiere, aus Materialien, die du hier in der Natur findest, ein Bild oder eine Skulptur zu legen und damit auszudrücken, was du glaubst, dass Gott mit dir und deinem Leben vorhat. *(ca. 15 Minuten)*

Wenn alle fertig sind, geht man von Bild zu Bild. Wer möchte, kann dazu etwas erklären.

Abschluss

Alle stehen im Kreis und reichen sich die Hände.

Vaterunser

Segen

Guter Gott
Du beschützt mich in allen Situationen in meinem Leben.
Du hilfst mir bei wichtigen Entscheidungen.
Bei dir fühle ich mich geborgen.
Du bist der einzige, der mir jeden Fehler verzeiht,
der mir den richtigen Weg zeigt, indem ich aus meinen Fehlern lerne.
Wenn es in meinem Leben keine Sonne gibt, gibst du sie mir.
Ich danke dir für ALLES.
Segne uns, du Gott, der mit uns mitgeht,
der Vater, der Sohn und der Heilige Geist. Amen.

Riccarda Margreiter, Schülerin

Lied

Voll Vertrauen gehe ich den Weg (GfY 634)
oder: Herr, du bist mein Leben (GL 456)

Folge dem Ruf Gottes

»Keine Predigt ist erbaulicher als das gute Beispiel.« Don Bosco

Begrüßung und Kreuzzeichen

Lieder

Folgen, Leben mit Jesus hat Folgen (GfY 532)
Here I am, Lord (GfY 530)

Einstiegstext

Gesucht:

Menschen, die gerade sind –
krumme gibt es schon.
Menschen, die sich erbarmen –
die wegschauen, gibt es schon.
Menschen, die Mauern opfern –
Maueropfer gibt es schon.
Menschen, die ums tägliche Brot bitten –
die es sich täglich nehmen, gibt es schon.
Menschen, die ihr Leben ins Spiel bringen –
die mit dem Leben andrer spielen, gibt es schon.
Menschen, die aufstehen gegen Gewalt –
die auf Gewalt stehen, gibt es schon.
Menschen, die einander aufrichten –
die einander richten, gibt es schon.
Menschen, die den Mut haben, zu dienen –
Herren gibt es schon.
Menschen, die für den Frieden leben –
die für Kriege sterben, gibt es schon.
Menschen, die neu anfangen –
die fertig sind, gibt es schon.
Gibt es schon genug.

Peter Fuchs-Ott

Wir alle haben von Gott den „Auftrag" mitbekommen, unser Leben zu gestalten, wobei jede_r verschiedene Fähigkeiten geschenkt bekommen hat. Unser Leben wird gelingen, wenn wir uns auch fragen, was Gott mit uns vorhat und wo und wie er uns braucht. Hören wir, wie die ersten Jünger sich von Jesus rufen ließen und sich mit ihm auf den Weg gemacht haben.

Lesung: Matthäus 4,18–22

Als Jesus am See von Galiläa entlangging, sah er zwei Brüder, Simon, genannt Petrus, und seinen Bruder Andreas; sie warfen gerade ihr Netz in den See, denn sie waren Fischer.
Da sagte er zu ihnen: Kommt her, folgt mir nach! Ich werde euch zu Menschenfischern machen.
Sofort ließen sie ihre Netze liegen und folgten ihm.
Als er weiterging, sah er zwei andere Brüder, Jakobus, den Sohn des Zebedäus, und seinen Bruder Johannes; sie waren mit ihrem Vater Zebedäus im Boot und richteten ihre Netze her. Er rief sie, und sogleich verließen sie das Boot und ihren Vater und folgten Jesus.

Lieder

Tief in mir (GfY 633)
Unseres Herzens Stimme (GL 879)

Wechselgebet

V: Herr, öffne mir die Augen, mach weit meinen Blick und mein Interesse, damit ich sehen kann, was ich noch nicht erkenne.

A: Herr, öffne mir die Ohren, mach mich hellhörig und aufmerksam, damit ich hören kann, was ich noch nicht verstehe.

V: Herr, gib mir ein vertrauensvolles Herz, das sich deinem Wort und deiner Treue überlässt und zu tun wagt, was es noch nicht getan hat.

A: Herr, ich weiß, dass ich nur lebe, wenn ich mich von dir rufen und verändern lasse. Amen.

Nach Willi Lambert

Lied

Schweigen möchte ich, Herr (GfY 691/GL 898)

Fürbitten

Gott, du kennst uns, unsere Gedanken und Pläne ebenso wie unsere Fragen und Zweifel. Du willst, dass wir glücklich sind und das Leben in Fülle haben:

V: Schenke uns allen Augenblicke der Klarheit und des Überblicks, um die richtigen Entscheidungen für unser Leben treffen zu können.
A: Begleite uns, guter Gott.

V: In schwierigen Zeiten und schweren Wegstrecken schenke du, Gott, uns eine freie Sicht. Gib, dass wir dann die Hoffnung spüren, die uns weitertreibt, den Glauben, der uns hält und trägt, und die Liebe, die du uns versprochen hast.
A: Begleite uns, guter Gott.

V: Lass die jungen Menschen ihren eigenen Weg entdecken und hilf ihnen, ihre Berufung zu finden.
A: Begleite uns, guter Gott.

V: In der Vielfalt menschlicher Lebenswege wecke du die Bereitschaft, dir im priesterlichen und diakonischen Amt, im geweihten Leben und im kirchlichen und pastoralen Dienst zu folgen.
A: Begleite uns, guter Gott.

Du bist überall mit uns auf dem Weg. Du bist vor uns und machst uns Mut, ohne Angst in die Zukunft zu sehen. Du bist neben uns und begleitest uns. Du bist hinter uns, um uns den Rücken zu stärken. Du, Gott, an unserer Seite, mit unserem ganzen Leben stehen wir vor dir und fragen uns, wohin der Weg uns führen wird. Stärke in uns den Mut, voller Zuversicht auf deine Wegbegleitung „Ja“ zu dir zu sagen und deinem Ruf zu folgen. Amen.

Gebetsgemeinschaft für geistliche Berufe

Vaterunser

Schlussgebet

Wachse, Jesus, wachse in mir.
In meinem Geist, in meinem Herzen,
in meiner Vorstellung, in meinen Sinnen.
Wachse in mir mit deiner Milde, in deiner Reinheit,
in deiner Demut, deinem Eifer, deiner Liebe.
Wachse in mir mit deiner Gnade,
deinem Licht und deinem Frieden.
Wachse in mir zur Verherrlichung deines Vaters,
zur größeren Ehre Gottes.

Pierre Olivaint SJ

Segen

Und so segne uns der uns rufende und begleitende Gott,
der Vater und der Sohn und der Heilige Geist. Amen.

Lied

Jesus Christ, you are my life (GfY 538/GL 362)

Geschichte zur Vertiefung

Ein Pfarrer traf einen Mann, der im Garten vor seinem neuen Haus arbeitete.
Sie kamen ins Gespräch, und der Pfarrer sagte voll Anerkennung: „Da haben Sie sich mit Fleiß und Gottes Hilfe aber einen schönen Garten angelegt!" – „Das kann man wohl sagen, Herr Pfarrer", antwortete der Hausbesitzer, „aber Sie hätten einmal sehen sollen, wie das Grundstück aussah, als der liebe Gott hier noch alleine gearbeitet hat!"

Ich bin ICH

Vorbereitung und Material: *Stempelkissen, weiße Papierkärtchen*

Begrüßung und Kreuzzeichen

Gebet oder Lied

Here I am, Lord (GfY 530)
oder: Alle meine Quellen (GL 891)

Einleitung

Wir sind einzigartig, unverwechselbar, geprägt von unterschiedlichen Personen, von unserer Umgebung, Ausbildung, unserer Familie, unseren Freundinnen und Freunden. Alles, was uns im Leben begegnet ist und was mit uns geschehen ist, hat uns zu der Person gemacht, die wir sind. Manchmal fällt es uns schwer, uns anzunehmen, wie wir sind, und wir fragen uns, wieso wir gerade so sind und nicht anders – nicht so, wie wir es als perfekt ansehen. Hören wir zu Beginn eine Geschichte.

Geschichte

Der Wunderknabe

Es war einmal ein Wunderknabe, der im zartesten Alter schon die ganze Welt erkannte. Unter der Tür des Elternhauses wusste er schon über alles Bescheid, und von weither kamen die Menschen, um ihn sprechen zu hören und um seinen Rat zu holen.
Er war auch ein glänzender Redner und ließ den schwierigsten Fragen die größten Worte angedeihen, und manchmal auch die längsten. Man wusste nicht, woher er sie hatte, wie es bei Wunderknaben eben so ist.

Sie lagen ihm einfach im Mund. Sein Ruf ging in die Welt hinaus, und bald wollte man überall von seinem Wissen profitieren. So machte er sich auf die Wanderschaft und nahm sich vor, die ganze Welt, über die er immer gesprochen hatte, nun auch zu berühren. Doch kaum eine Stunde von zu Hause kam er an eine Wegkreuzung, die ihn zwang, zwischen drei Möglichkeiten zu wählen, denn nicht einmal ein Wunderknabe kann zugleich in verschiedene Richtungen gehen. Er ging geradeaus weiter und musste dabei links ein Tal und rechts ein Tal ungesehen liegen lassen. Schon war seine Welt zusammengeschrumpft.

Auch bei der nächsten Gabelung büßte er Möglichkeiten ein, und bei der dritten, und bei der vierten. Jeder Weg, den er einschlug, jede Wahl, die er traf, trieben ihn in eine engere Spur. Und wenn er auf den Dorfplätzen sprach, wurden die Sätze immer kürzer. Die Rede floss ihm nicht mehr wie einst, als er ins Freie getreten war. Sie war belastet von Unsicherheit über das unbegangene Land, das er schon endgültig hinter sich wusste.

So ging er und wurde dabei älter, war schon längst kein Wunderkind mehr, hatte hundert Wege verpasst und tausend Möglichkeiten auslassen müssen. Er machte immer weniger Worte, und kaum jemand kam noch, ihn anzuhören.

Da setzte er sich endlich auf einen Meilenstein und sprach nur noch zu sich selbst: „Ich habe immer nur verloren: an Boden, an Wissen, an Träumen. Ich bin mein Leben lang kleiner geworden. Jeder Schritt hat mich von etwas weggeführt. Ich wäre besser zu Hause geblieben, wo ich noch alles wusste und hatte, dann hätte ich nie entscheiden müssen, und alle Möglichkeiten wären noch da.“

Müde, wie er war, ging er dennoch den Weg zu Ende, den er einmal begonnen hatte, es blieb ja nur noch ein kurzes Stück. Abzweigungen gab es jetzt keine mehr, nur eine Richtung war noch übrig und von allem Wissen und Reden nur ein letztes Wort, für das der Atem noch reichte. Er sagte das Wort, das niemand hörte, und er schaute sich um und merkte erstaunt, dass er auf einem Gipfel stand. Der Boden, den er verloren hatte, lag in Terrassen unter ihm. Er überblickte die ganze Welt, auch die verpassten Täler, und es zeigte sich also, dass er im Kleiner- und Kürzerwerden ein Leben lang aufwärts gegangen war.

Hans Künzler

Fragen zur Geschichte

- Was kann ich besonders gut? In welchen Bereichen darf auch ich ein „Wunderkind" sein?
- Welche Entscheidungen hat mir mein Lebensweg bereits abverlangt? Was wäre, wenn ... ich mich jeweils anders „entschieden" hätte?
- Wo meine ich, etwas „versäumt" zu haben?
- Zu welchen Zielen/Gipfeln führt mich mein Lebensweg?

Lesung: Matthäus 5,1–12

Als Jesus die vielen Menschen sah, stieg er auf einen Berg. Er setzte sich, und seine Jünger traten zu ihm. Dann begann er, zu reden, und lehrte sie. Er sagte: Selig, die arm sind vor Gott; denn ihnen gehört das Himmelreich. Selig die Trauernden; denn sie werden getröstet werden. Selig, die keine Gewalt anwenden; denn sie werden das Land erben. Selig, die hungern und dürsten nach der Gerechtigkeit; denn sie werden satt werden. Selig die Barmherzigen; denn sie werden Erbarmen finden. Selig, die ein reines Herz haben; denn sie werden Gott schauen. Selig, die Frieden stiften; denn sie werden Söhne Gottes genannt werden. Selig, die um der Gerechtigkeit willen verfolgt werden; denn ihnen gehört das Himmelreich. Selig seid ihr, wenn ihr um meinetwillen beschimpft und verfolgt und auf alle mögliche Weise verleumdet werdet. Freut euch und jubelt: Euer Lohn im Himmel wird groß sein. Denn so wurden schon vor euch die Propheten verfolgt.

Lied

Hände, die schenken (GfY 533/GL 893)

Aktion

Nimm dir ein paar Minuten Zeit für ein persönliches Gebet und Stille. Trag im Gebet das vor Gott hin, wie du dich als Person siehst. Danke ihm für das, was du an dir magst. Bitte ihn um seinen Zuspruch bei Eigenschaften, die du nicht so annehmen kannst. Komm mit ihm über dich selbst ins Gespräch. Nach einigen Minuten nimm ein weißes Papierkärtchen und stemple mithilfe des Stempelkissens deine Fingerabdrücke jedes einzelnen Fingers von dir darauf. Nimm dir das Kärtchen mit als Erinnerung an deine Einzigartigkeit. Daran, dass Gott dich mit Liebe so geschaffen hat, wie du bist.

Vaterunser

Gebet

Geborgen sein in dir, Gott –
das ist es, was ich wünsche.
Geborgen sein in dir, Gott –
das ist es, was ich erbitte.
Geborgen sein in dir, Gott –
das ist es, was du mir schenken willst.

Segenslied

Gottes guter Segen sei mit euch (GfY 282)
oder: Herr, wir bitten komm und segne uns (GL 920)

Segen

Und so segne uns der allmächtige und uns liebende Gott, der Vater und der Sohn und der Heilige Geist. Amen.

Einfach DANKE sagen – Erntedank

Vorbereitung und Material: *Gegenstände (Schlüssel, Brot, Kaffeetasse, Sessel, Drucker, Polster), für die gedankt werden soll, vorbereiten.*

Begrüßung und Kreuzzeichen

Lied

Freude kann Kreise ziehn (GfY 623)
oder: Du bist das Licht der Welt (GL 856)

Einleitung

Es ist Herbst. Die Blätter bekommen andere Farben als im Sommer und die Welt wirkt bunter. Im Herbst ist auch Erntezeit, und wir wollen in diesem Gebet Erntedank feiern. Danken für das, was wir geerntet haben. Für die Früchte unserer Arbeit danken. Uns Gedanken darüber machen, wofür wir dankbar sind und vielleicht auch sein sollten.

Besinnung

Dankbarkeit zeigen ist nicht immer so selbstverständlich. Oft fallen uns nur noch die großen, ungewöhnlichen Dinge auf, für die es einfach ist, Dankbarkeit zu zeigen. Manchmal vergessen wir, für die Kleinigkeiten dankbar zu sein.

Herr, wir danken dir für die Dinge, die wir so oft als selbstverständlich hinnehmen:

- Wir danken dir für diesen Schlüssel, dass wir unsere Häuser und Wohnungen öffnen können und ein Stück Heimat haben.
- Wir danken dir für dieses Brot, dass wir gestärkt unsere Aufgaben erledigen können.
- Wir danken dir für diese Kaffeetasse, dass wir in den Pausen ein Mittel gegen unsere Müdigkeit haben.
- Wir danken dir für diesen Stuhl, dass wir nicht auf dem kalten Boden sitzen müssen.
- Wir danken dir für diesen Drucker, dass wir nicht alle Gedanken mit der Hand niederschreiben müssen.
- Wir danken dir für diesen Polster, dass wir uns in der Nacht gut entspannen können.

Lied

Halleluja! Singen wolln wir (GfY 85)
oder: Jesus Christ, you are my life (Kehrvers) (GfY 538/GL 362)

Evangelium: Lukas 17,11–19

Auf dem Weg nach Jerusalem zog Jesus durch das Grenzgebiet von Samarien und Galiläa. Als er in ein Dorf hineingehen wollte, kamen ihm zehn Aussätzige entgegen. Sie blieben in der Ferne stehen und riefen: Jesus, Meister, hab Erbarmen mit uns! Als er sie sah, sagte er zu ihnen: Geht, zeigt euch den Priestern! Und während sie zu den Priestern gingen, wurden sie rein. Einer von ihnen aber kehrte um, als er sah, dass er geheilt war; und er lobte Gott mit lauter Stimme. Er warf sich vor den Füßen Jesu zu Boden und dankte ihm. Dieser Mann war aus Samarien. Da sagte Jesus: Es sind doch alle zehn rein geworden. Wo sind die übrigen neun? Ist denn keiner umgekehrt, um Gott zu ehren, außer diesem Fremden? Und er sagte zu ihm: Steh auf und geh! Dein Glaube hat dir geholfen.

Impuls

Ich lade euch ein, in kleinen Gruppen von drei bis vier Personen zusammenzugehen und euch auf einen kurzen Spaziergang durchs Haus/durch den Garten zu begeben. Schaut aufmerksam auf das, was ihr sonst nicht mehr wahrnehmt, und überlegt, wofür ihr dankbar sein könnt. Einer der zehn Geheilten aus dem Evangelium ist wieder zurückgekommen zu Jesus, um ihm zu danken, und auch ihr seid eingeladen, danach wieder zurückzukommen und eure Dankbarkeit vor Gott zu bringen. Ich bitte euch auch, in eurer Gruppe ein Dankgebet oder eine Fürbitte zu formulieren, die dann jeweils eine_r vorträgt. Wir treffen uns in ca. zehn Minuten wieder hier.

Lied

(bis alle wieder da sind)
Bonum est confidere in Domino (GfY 109)
oder: Jubilate Deo (Kanon) (GL 398)

Fürbitten und Dank

Freie Gebete aus den Gruppen

Vaterunser

Segen

Gott sei vor dir,
um dir den sicheren Weg zu zeigen.
Gott sei hinter dir,
um dich zu stützen, wenn du schwach bist.
Gott sei neben dir,
als Weggefährte, der mit dir geht.
Gott sei um dich herum,
wie ein Schutz vor allem Bösen.
Gott sei in dir,
um dein Herz menschlich zu machen.

Und so segne uns Gott,
der Vater und der Sohn und der Heilige Geist. Amen.

Lied

All die Fülle ist in Dir, o Herr (GfY 664)
und: Dank sei Dir, ja Dank sei Dir (GfY 250)
oder: Ich lobe meinen Gott (GL 400)

Powered by spirit – Zum Abschluss der Firmvorbereitung

Vorbereitung und Material: *Zu jeder der sieben Gaben des Heiligen Geistes (Weisheit, Einsicht, Rat, Erkenntnis, Stärke, Frömmigkeit, Gottesfurcht) wird eine große Flamme aus gelbem oder orangem Papier ins gestaltete Zentrum gelegt, auf der die jeweilige Geistesgabe steht. Auch nicht beschriftete, etwas kleinere Flammen werden ausgelegt sowie Stifte und das Gebet von Karl Rahner „Ich glaube an den Heiligen Geist" (jeder Satz des Gebets soll einzeln aufgeschrieben werden).*

Begrüßung und Kreuzzeichen

Lied

Du, Herr, gabst uns Dein festes Wort (GfY 459)
oder: Feuer und Flamme (GL 842)

Einleitung

Ihr habt eure Zeit der Firmvorbereitung nun abgeschlossen, euch mit vielen verschiedenen Themen auseinandergesetzt, gemeinsam Aktionen gemacht und euch neu in der Kirche orientiert. Nun seid ihr bereit, bei der Firmung den Geist Gottes, den Heiligen Geist, zu empfangen. Der Heilige Geist kommt uns oft sehr fremd und abstrakt vor, und doch bemerken wir ihn in unserem Leben oft ganz konkret. Dazu wollen wir nun eine Bibelstelle hören.

Lesung: Jesaja 11,1–5

Doch aus dem Baumstumpf Isais wächst ein Reis hervor, ein junger Trieb aus seinen Wurzeln bringt Frucht. Der Geist des Herrn lässt sich nieder auf ihm: der Geist der Weisheit und der Einsicht, der Geist des Rates und der Stärke, der Geist der Erkenntnis und der Gottesfurcht. Er richtet nicht nach dem Augenschein und nicht nur nach dem Hörensagen entscheidet er,
sondern er richtet die Hilflosen gerecht und entscheidet für die Armen des Landes, wie es recht ist. Er schlägt den Gewalttätigen mit dem Stock seines Wortes und tötet den Schuldigen mit dem Hauch seines Mundes. Gerechtigkeit ist der Gürtel um seine Hüften, Treue der Gürtel um seinen Leib.

Gedanken zur Lesung

Vor über 2500 Jahren schrieb der Prophet Jesaja diesen Text. Er schrieb ihn für Leute, die in Bedrängnis waren, in einer Gesellschaft, in der Ungerechtigkeit, Gewalt und Gottlosigkeit herrschten. Jesaja weist darauf hin, dass in dieser Situation nur jemand helfen kann, Gerechtigkeit schaffen kann, der vom Geist Gottes mit folgenden Gaben ausgestattet ist: dem Geist der Weisheit und der Einsicht, dem Geist des Rates und der Stärke, dem Geist der Erkenntnis, der Gottesfurcht und dem Geist der Frömmigkeit.

Die Zeit und Gesellschaft, in der wir heute leben, ist, wie damals zur Zeit des Propheten Jesaja, von vielen Ungerechtigkeiten und Herausforderungen geprägt. Es gibt Krieg, Verfeindungen, Angst, Hunger, Armut, Egoismus, Leistungsdruck, Gruppenzwang und vieles mehr. Was braucht es heute, dass ihr als junge Menschen euer Leben gut meistern und eure Welt gut mitgestalten könnt? Welche Gaben des Geistes erbittet ihr von Gott?
Ein paar Begriffe werden laut gesagt und auf die kleineren Flammen in der Mitte dazugeschrieben.

Um diesen Geist, der uns viele Gaben gibt, wollen wir zu Gott beten mit dem Lied:

Lied

Sende Deinen Geist aus (GfY 463/GL 839)

Aktion

Jede_r Firmkandidat_in liest einen Satz des folgenden Gebets von Karl Rahner „Ich glaube an den Heiligen Geist“ laut vor. In der Mitte sind Kerzen vorbereitet. Die Person, die den Satz vorgelesen hat, zündet eine Kerze an. Erst wenn die Kerze brennt, liest die nächste Person den nächsten Satz. Wenn es mehr Firmkandidat_innen als Sätze gibt, zünden diese am Ende des Gebets jeweils eine Kerze an. Dazu wird das Lied „Sende Deinen Geist aus“ (GfY 463/GL 839) gesungen.

Ich glaube an den Heiligen Geist

Ich glaube an den Heiligen Geist.
Ich glaube, dass Gottes Geist meine Vorurteile abbauen kann.
Ich glaube, dass er meine Gewohnheiten ändern kann.
Ich glaube, dass sie meine Gleichgültigkeit überwinden kann.
Ich glaube, dass er mir Phantasie zur Liebe geben kann.
Ich glaube, dass sie mir Warnung vor dem Bösen geben kann.
Ich glaube, dass er mir Mut für das Gute geben kann.
Ich glaube, dass sie meine Traurigkeit besiegen kann.
Ich glaube, dass Gottes Geist mir Liebe zu Gottes Wort geben kann.
Ich glaube, dass er mir Minderwertigkeitsgefühle nehmen kann.
Ich glaube, dass sie mir Kraft im Leiden geben kann.
Ich glaube, dass er mir Gefährten und Gefährtinnen geben kann.
Ich glaube, dass sie mir mein Wesen durchdringen kann.
Ich glaube, dass er mir inneren und äußeren Frieden geben kann.
Ich glaube an den Heiligen Geist.

Karl Rahner SJ

Segen

Und so segne uns der uns begeisternde und inspirierende Gott, der Vater und der Sohn und der Heilige Geist. Amen.

Lied

Sende deinen Geist aus (GfY 463/GL 839)

Worte fürs Leben – Beten mit der Bibel in einer Gruppe

»Wahre Religion besteht nicht nur in Worten, man muss sie in die Tat umsetzen.« Don Bosco

Vorbereitung und Material: *Die Bibel ist im Zentrum auf einem Tuch aufgeschlagen (daneben evtl. eine Kerze stellen). Jede_r sollte eine eigene Bibel oder eine Kopie einer Bibelstelle haben, um mit-/nachlesen zu können.*

Begrüßung und Kreuzzeichen

Lied

GfY 65–73
Herr gib uns Mut zum Hören (GL 448)
oder: Vater, ich will dich preisen (GL 919), Wo zwei oder drei (GL 926)

Einleitung

Wir wollen heute das Wort Gottes ins Zentrum stellen: es lesen, uns davon berühren lassen und unser Leben danach ausrichten. Karl Barth, ein schweizerischer evangelisch-reformierter Theologe (1886–1968), beschreibt seinen Zugang zur Bibel so: „Wir werden in der Bibel immer gerade so viel finden, als wir suchen: Großes und Göttliches, wenn wir Großes und Göttliches suchen; Wichtiges und Historisches, wenn wir Wichtiges und Historisches suchen; überhaupt nichts, wenn wir überhaupt nichts suchen!"

Lied

Zum Thema der Bibelstelle passend oder ein Taizélied

Bibelstelle vorlesen

Im Grunde kann jede beliebige Bibelstelle für dieses Gebet ausgesucht werden.

Möglichkeiten zur Vertiefung

- Längere Zeit der Stille
- Jede_r darf einen Gedanken, einen Satz, ein Wort aus der Bibelstelle laut wiederholen.
- Impulsfragen zur Bibelstelle stellen (mündlich oder schriftlich)

- Zeit zum Schreiben oder Malen
- Jede_r liest die Bibelstelle immer wieder durch und streicht alle unwichtigen Wörter weg, bis zum Schluss nur noch zwei bis fünf Wörter übrigbleiben. Diese werden dann laut vorgelesen.
- Was ergibt sich für mich aus dem Bibeltext? Was will Gott, das ich tun soll? Welches Wort nehme ich mit in meinen Alltag? Wo möchte ich im Alltag dranbleiben, evtl. handeln, Situationen verändern?

Verehrung des Wortes Gottes

Jede_r darf eine Kerze anzünden und in die Nähe der aufgeschlagenen Bibel stellen (mit einem Gedanken aus der Stille, einer Bitte, einem Dank).

Vaterunser

Segen

Und so segne uns der in der Bibel zu uns sprechende Gott,
der Vater und der Sohn und der Heilige Geist. Amen.

Auch die Methode der „Sieben Schritte des Bibel-Teilens" ist sehr gut geeignet für Gruppen (vgl. GL 1/4).

Du fehlst mir – Andacht bei Tod und Trauer

»Noch nie habe ich einen Menschen erlebt, der im Angesicht des Todes beklagt hätte, zu viel Gutes getan zu haben.«

Don Bosco

Vorbereitung und Material: *In der Mitte werden Tücher auf dem Boden verteilt, darauf können Teelichter platziert werden. Wenn es sich um ein Trauergebet einer_eines lieben Verstorbenen handelt, kann auch ein Bild von ihr_ihm in der Mitte aufgestellt werden. Für die Teilnehmer_innen sollten Stifte zum Schreiben und Papier vorhanden sein. Zusätzlich wird ein kleiner Korb, evtl. eine kleine Schüssel, benötigt.*

Begrüßung und Kreuzzeichen

Einleitung

Wir sind heute nicht aus einem fröhlichen Anlass hier, sondern weil wir traurig sind. Wir haben einen geliebten Menschen verloren. Das schmerzt. Gerade in unserem Schmerz dürfen wir darauf vertrauen, dass Jesus ganz nah bei uns ist. Wir dürfen all unseren Schmerz vor ihn tragen, vor ihm klagen, vor ihm weinen. Er selbst erlitt den Tod am eigenen Leib. Er selbst sah seine Mutter und Johannes unterm Kreuz weinend, voll Trauer, wahrscheinlich voll Unverständnis darüber, was auf Golgota mit Jesus geschehen ist. In unserem Schmerz finden wir oft keine Worte. Dann tut es gut, wenn wir Worte sprechen können, die andere in ähnlichen Situationen vor uns formuliert haben.

Lied

Bleibet hier und wachet mit mir (GfY 431/GL 286)

Gebet

Einleitung: Beten wir abwechselnd die Verse des „Dunklen Gebets" und drücken so unseren Schmerz und unsere Trauer aus.

Dunkles Gebet

V: ich schreie und du kommst nicht –
A: ich schreie und du kommst nicht
– *kurze Stille* –
V: ich weine und du tröstest mich nicht –
A: ich weine und du tröstest mich nicht
– *kurze Stille* –
V: ich bettle und du hörst mich nicht –
A: ich bettle und du hörst mich nicht
– *kurze Stille* –
A: von Gott verlassen
– *kurze Stille* –
V: ich schreie und du kommst nicht –
A: ich schreie und du kommst nicht
– *kurze Stille* –
A: von Gott verlassen
– *kurze Stille* –
V: aber immer noch du sagen –
A: aber immer noch du sagen

Nach Andrea Schwarz, Wenn Chaos Ordnung ist

Meditatives Tun

Vor uns liegen Stifte und Zettel. All unsere Gedanken, Gefühle, unser Unverständnis, unsere Trauer sollen Platz haben auf diesen Zetteln. Schreibt eure Gedanken auf, malt etwas, faltet das Papier – ganz so, wie es für euch gerade am besten passt. Danach werden alle diese Zettel mit unseren Gedanken in einen Korb gelegt (und von niemandem gelesen und nach dem Gebet auch vernichtet bzw. so entsorgt, dass niemand mehr sie lesen kann). Dadurch soll ausgedrückt werden: Unsere Sorgen tragen wir vor Jesus hin, dort sind sie aufgehoben. Und: Ich bin nicht allein mit meiner Trauer, meinen Gefühlen, meinem Schmerz.

Lied

Bleibet hier und wachet mit mir (GfY 431/GL 286)

Psalm 22,2–3.10–12.15.20 (GL 36/2 u. 4)

Beten wir gemeinsam die Worte des Psalms. Dem Evangelisten Matthäus zufolge betete Jesus vor seinem Tod diese Verse:

Mein Gott, mein Gott, warum hast du mich verlassen, *
bist fern meinem Schreien, den Worten meiner Klage?
*Mein Gott, ich rufe bei Tag, doch du gibst keine Antwort; **
ich rufe bei Nacht und finde doch keine Ruhe.

Du bist es, der mich aus dem Schoß meiner Mutter zog, *
mich barg an der Brust der Mutter.
*Von Geburt an bin ich geworfen auf dich, **
vom Mutterleib an bist du mein Gott.
Sei mir nicht fern, denn die Not ist nahe *
und niemand ist da, der hilft.
Ich bin hingeschüttet wie Wasser,
*gelöst haben sich all meine Glieder. **
Mein Herz ist in meinem Leib wie Wachs zerflossen.
Du aber, Herr, halte dich nicht fern! *
Du, meine Stärke, eil mir zu Hilfe!

Vaterunser

Segen

Trotz all der Trauer dürfen wir auf Gottes Zusage zum Leben vertrauen. Er ist immer bei uns –
Gott, der Vater, der Sohn und der Heilige Geist. Amen.

Lied

Bei Gott bin ich geborgen (GfY 687)
oder: In manus tuas, Pater (GL 658)

Bibelstellen in allen Lebenslagen

- Psalm 13,6 – Freude
- 2 Korinther 4,17 – Verzweiflung
- 1 Korinther 13,11 – Erwachsen werden
- Psalm 42,6 – Mutlosigkeit
- Psalm 27,1 – Angst
- Psalm 27,1 – Trost
- Offenbarung 7,17b – Trauer
- Psalm 50,15 – Sorgen
- Josua 1,9 – Aufregung
- Psalm 104,24 – Liebe zur Natur
- Hosea 14,10 – Gottes Weg folgen
- Matthäus 19,13-14 – Kindheit
- Hohelied 8,6-7 – Verliebt sein
- 2 Samuel 22,33 – Kraft
- Psalm 18,30 – Selbstbewusstsein
- Matthäus 21,21-22 – Gegen jede Vernunft
- Sprichwörter 10,12 – Hass
- Numeri 6,24-26 – Segen
- Genesis 24,40a – Reise
- Psalm 147,3 – Liebeskummer
- Matthäus 7,12a – Weisheit
- Sprichwörter 28,27 – Soziale Probleme
- Psalm 37,23-24 – Fehler
- Sprichwörter 31,8-9 – Unrecht
- Jesaja 43,2 – Richtiger Weg
- Sprichwörter 4,23 – Wichtig im Leben
- Jesus Sirach 17,1-10 – Aufgabe des Menschen
- 1 Korinther 16,14 – Morgens
- Psalm 4,9 – Abends
- Psalm 36,10 – Mittags
- Jesaja 40,31 – Vertrauen
- Römer 12,9 – Umgang miteinander
- Matthäus 18,21-22 – Vergeben
- Habakuk 2,6b – Gier
- Kolosser 3,13 – Kränkung
- Matthäus 5,9 – Einsatz für Frieden

BETEN – IM GEIST DON BOSCOS

Der heilige Johannes Bosco hat im 19. Jahrhundert in Turin (Italien) gelebt und sich zeitlebens für benachteiligte junge Menschen engagiert. Er ist der Gründer der Ordensgemeinschaften der Salesianer Don Boscos und der Don Bosco Schwestern (mit Maria Mazzarello), die sich gemeinsam mit vielen anderen auch heute weltweit für Kinder und Jugendliche in unterschiedlichsten Situationen einsetzen.
Dieses Kapitel stellt Gebete vor, wie man im Geist und durch das Vorbild prägender Gestalten der Don Bosco Familie Gott erfahren kann. Die Kernpunkte der salesianischen Jugendspiritualität (die Tradition des Gute Nacht-Wortes, die Lebendigkeit von Confronto-Jugendwochenenden und des Volontariats) laden darüber hinaus ein, die eigene Gottesbeziehung im Alltag zum Ausdruck zu bringen.

Gebet um die Hilfe des heiligen Johannes Bosco

Gebet zur Vorbereitung von Jugendgebeten für Gruppenleiter_innen

»Es genügt mir, dass ihr jung seid, um euch wirklich gern zu haben.«

Don Bosco

Vater und Lehrer der Jugend,
heiliger Johannes Bosco,
du warst empfänglich für die Gaben des Heiligen Geistes
und hast dich für die Zeichen der Zeit geöffnet.
Den Jugendlichen, besonders den armen und bedürftigen,
hast du Gottes Vorliebe für sie bezeugt.

Führe uns auf dem Weg der Freundschaft mit Jesus Christus.
Lass uns in ihm und seinem Evangelium den Sinn unseres Lebens
und die Quelle wahren Glückes finden.

Hilf uns, mit Großherzigkeit auf die Berufung zu antworten,
die wir von Gott empfangen haben.

Steh uns bei, damit wir im alltäglichen Leben
untereinander wahre Gemeinschaft schaffen
und mit Begeisterung in Einheit mit der ganzen Kirche
eine Kultur der Liebe entfalten helfen.

Erbitte uns die Gnade der Beharrlichkeit,
damit wir in unserem christlichen Leben
im Geist der Seligpreisungen die Vollendung erlangen
und geführt von Maria, der Hilfe der Christen,
uns zusammen mit dir dereinst
in der großen Familie des Himmels wiederfinden.

Amen.

Heiliger Johannes Bosco – bitte für uns.
Maria, Helferin der Christen – bitte für uns.

Don Pascual Chávez Villanueva SDB,
Generaloberer der Salesianer Don Boscos 2002–2014

Don Bosco – Leben für junge Menschen

»Fröhlich sein, Gutes tun und die Spatzen pfeifen lassen.« Don Bosco

Vorbereitung und Material: *In der Mitte steht ein Don Bosco-Bild, das mit einem Scheinwerfer beleuchtet wird.*

Begrüßung und Kreuzzeichen

Wir wollen miteinander beten und singen und Gott für Don Bosco danken. Wie Don Bosco seine Jugendlichen zum Gebet zusammengeholt hat, so sind auch wir zusammengekommen, um gemeinsam zu beten.

Lied

Gebet Don Boscos – Ich komm zu Dir (GfY 506)
oder: Unser Leben sei ein Fest (GL 859)
oder: Don Boscos Träume (Text und Melodie: Christoph Pfeiffer)

Text

Don Bosco – wer ist das?

A: Don Bosco? Das ist unser Mann:
der Priester und Jugendfreund Johannes Bosco aus Turin.

B: Er durchbrach kraftvoll erstarrte Formen drillbetonter Erziehung.

A: Er nahm Verlassene auf:
Sie fanden einen Vater in ihm.

B: Er hielt die Lästigen aus:
Sie fanden Anerkennung bei ihm.

A: Er wies die Unsicheren an:
Sie gewannen Selbstvertrauen durch ihn.

B: Er bildete Ungebildete aus:
Sie wurden Fachleute bei ihm.

A: Er lachte die Traurigen an:
Sie wurden fröhlich an ihm.

B: Er betete mit den Gottfernen:
Sie wurden fromm durch ihn.

A: Deshalb wurde er seinerzeit verlacht, verspottet, verfolgt, verleumdet.

B: Dann aber bestaunt, bewundert, anerkannt, berühmt.

A: Er blieb, was er war: ein Freund junger Menschen.

B: Johannes Bosco – er war Kuhhirt und Winzer, Trapezkünstler, Lehrer und Multitalent, Pionier und Pfadfinder, Kaufmann und Priester, Sozialarbeiter und Freund der Jugend, Gründer von unzähligen Jugendwerken in der Alten und Neuen Welt.

A: Er war Kamerad und Vater von kleinen Dieben, Räubern und Waisenkindern, Anführer ihrer stürmischen Spiele und Tröster ihrer Leiden.

B: Er war Büßer und Beter für seine Kinder, wie er seine Buben nannte, die keiner mehr zählen kann. Er war ein Baumeister und Spekulant und ein Träumer, ja, vor allem ein Träumer, ein Träumer von wunderlicher Art.

A: Er war ganz einfach, so einfach, wie wildes Gebirgswasser einfach ist, das gleichzeitig Steine mit sich reißt und Blumen und Tiere tränkt. Er war ein einfacher Mensch unserer Tage, ein Apostel der Neuzeit, ein Jugenderzieher, dessen Lehre immer nur Güte und nichts als Güte hieß.

B: Er war ein Botschafter der Liebe, und als solcher wurde er, der Aprilnarr weltverwandelnder Liebe, am 1. April 1934 von Papst Pius XI. heiliggesprochen.

Nach Elisabeth Langgässer

Loblied

Die Sache Jesu braucht Begeisterte (GfY 536)
oder: Hände, die schenken (GL 839)

Psalm 92,2–7.9–16 (GL 51)

V/A: Lobet und preiset, ihr Völker (GfY 317/GL 408)

Wie schön ist es, dem Herrn zu danken, *
deinem Namen, du Höchster, zu singen,
*am Morgen deine Huld zu verkünden **
und in den Nächten deine Treue
zur zehnsaitigen Laute, zur Harfe, *
zum Klang der Zither.
*Denn du hast mich durch deine Taten froh gemacht; **
Herr, ich will jubeln über die Werke deiner Hände.
Wie groß sind deine Werke, o Herr, *
wie tief deine Gedanken!
*Ein Mensch ohne Einsicht erkennt das nicht, **
ein Tor kann es nicht verstehen.
Herr, du bist der Höchste, *
du bleibst auf ewig.
*Doch deine Feinde, Herr, wahrhaftig, deine Feinde vergehen; **
auseinandergetrieben werden alle, die Unrecht tun.
Du machtest mich stark wie einen Stier, *
du salbtest mich mit frischem Öl.
Mein Auge blickt herab auf meine Verfolger,
*auf alle, die sich gegen mich erheben; **
mein Ohr hört vom Geschick der Bösen.
Der Gerechte gedeiht wie die Palme, *
er wächst wie die Zedern des Libanon.
*Gepflanzt im Haus des Herrn, **
gedeihen sie in den Vorhöfen unseres Gottes.
Sie tragen Frucht noch im Alter *
und bleiben voll Saft und Frische;
*sie verkünden: Gerecht ist der Herr; **
mein Fels ist er, an ihm ist kein Unrecht.
Ehre sei dem Vater und dem Sohn *
und dem Heiligen Geist,
*wie im Anfang, so auch jetzt und alle Zeit **
und in Ewigkeit. Amen.

V/A: Lobet und preiset, ihr Völker (GfY 317/GL 408)

Psalm 118,19–29 (GL 66)

V/A: Meine Hoffnung und meine Freude (GfY 649/GL 365)

Öffnet mir die Tore zur Gerechtigkeit, *
damit ich eintrete, um dem Herrn zu danken.
*Das ist das Tor zum Herrn, **
nur Gerechte treten hier ein.
Ich danke dir, dass du mich erhört hast; *
du bist für mich zum Retter geworden.
*Der Stein, den die Bauleute verwarfen, **
er ist zum Eckstein geworden.
Das hat der Herr vollbracht, *
vor unseren Augen geschah dieses Wunder.
*Dies ist der Tag, den der Herr gemacht hat; **
wir wollen jubeln und uns an ihm freuen.
Ach, Herr, bring doch Hilfe! *
Ach, Herr, gib doch Gelingen!
Gesegnet sei er, der kommt im Namen des Herrn.
*Wir segnen euch vom Haus des Herrn her. **
Gott, der Herr, erleuchte uns.
Mit Zweigen in den Händen schließt euch zusammen zum Reigen *
bis zu den Hörnern des Altars!
*Du bist mein Gott, dir will ich danken; **
mein Gott, dich will ich rühmen.
Dankt dem Herrn, denn er ist gütig, *
denn seine Huld währt ewig.
*Ehre sei dem Vater und dem Sohn **
und dem Heiligen Geist,
wie im Anfang, so auch jetzt und alle Zeit *
und in Ewigkeit. Amen.

V/A: Meine Hoffnung und meine Freude (GfY 649/GL 365)

Lesung: Philipper 4,4–9

Freut euch im Herrn zu jeder Zeit! Noch einmal sage ich: Freut euch! Eure Güte werde allen Menschen bekannt. Der Herr ist nahe. Sorgt euch um nichts, sondern bringt in jeder Lage betend und flehend eure Bitten mit Dank vor Gott! Und der Friede Gottes, der alles Verstehen übersteigt, wird eure Herzen und eure Gedanken in der Gemeinschaft mit Christus Jesus bewahren. Schließlich, Brüder: Was immer wahrhaft, edel, recht, was lauter, liebenswert, ansprechend ist, was Tugend heißt und lobenswert ist, darauf seid bedacht! Was ihr gelernt und angenommen, gehört und an mir gesehen habt, das tut! Und der Gott des Friedens wird mit euch sein.

Antwortgesang

Die Güte des Herrn (GfY 301)
oder: Die Herrlichkeit des Herrn (GL 412)

Benedictus oder Magnificat

Das Benedictus bzw. Magnificat findest du auf Seite 21 f. bzw. auf Seite 30 f.

Fürbitten

Freie Fürbitten (laut vorgetragen)
Fürbittruf: Sende Deinen Geist aus (GfY 463/GL 839)

Abschluss der Fürbitten:
Zu ihm, der unsere Fragen kennt, noch bevor wir sie ausgesprochen haben, beten wir:
Herr, unser Gott,
nimm unsere Fürbitten an
und mach uns bereit
für alles, was von dir kommt
durch Jesus Christus, unsern Herrn. Amen.

Vaterunser

Schlussgebet

Gott, du Quelle der Freude, du hast den heiligen Johannes Bosco berufen, der Jugend die Wege des Lebens und Glaubens zu erschließen. Gib auch uns die Liebe, die ihn erfüllt hat, damit wir fähig werden, Menschen für dich zu gewinnen und dir allein zu dienen. Darum bitten wir durch Jesus Christus, deinen Sohn, unsern Herrn und Gott, der in der Einheit des Heiligen Geistes mit dir lebt und herrscht in Ewigkeit. Amen.

Segen

So segne uns und begleite uns der dreieinige Gott,
der Vater, der Sohn und der Heilige Geist. Amen.

Lied

Ave Maria, du bist voll der Gnade (GfY 483)
oder: Magnificat (Kanon) (GL 390)

Maria Mazzarello – Fenster zu Gott

Nach Sr. Sylvia Steiger FMA

»Wie spät ist es? – Es ist Zeit, Gott zu lieben!« Maria Mazzarello

Begrüßung und Kreuzzeichen

Lied

Ein weites Herz – Maria Mazzarello (GfY 521)
oder: Unseres Herzens Stimme (GL 879)

Einführung

(wenn Maria Mazzarello noch nicht so bekannt ist)
Maria Domenica Mazzarello wurde am 9. Mai 1837 in Mornese als älteste von zehn Geschwistern in eine tief religiöse Familie geboren. In ihrer Pfarrgemeinde trat sie einer religiösen Vereinigung bei, deren Ziel es war, Familien in Notsituationen zu helfen. Beim Einsatz während einer Typhus-Epidemie im Jahre 1860 erkrankte Maria schwer. Danach konnte sie keiner schweren körperlichen Arbeit mehr nachgehen. Darum erlernte sie den Beruf der Schneiderin und gründete eine kleine Nähschule im Dorf, wo sie sich um junge Mädchen kümmerte und ihnen eine wirtschaftliche und religiöse Grundlage gab. 1872 gründete Don Bosco gemeinsam mit Maria die Ordensgemeinschaft der „Töchter Maria Hilfe der Christen“ (Don Bosco Schwestern), deren Lebensregel er verfasste.
Maria Mazzarello starb schon 44-jährig am 14. Mai 1881 in Nizza Monferrato und wurde am 24. Juni 1951 heiliggesprochen.

Lied

Behüte mich, Gott (GfY 359) (öfter wiederholen)
oder: Misericordias domini (GL 657)

Text

Maria Mazzarello verbrachte die Zeit ihrer Jugend in der Valponasca, einem Bauernhaus inmitten von Weinbergen, gut 45 Minuten vom Dorf entfernt. Jeden Abend bemerkte die Mutter, dass Maria und ihre Geschwister verschwanden. Sie ging sie suchen und fand sie alle vor dem Fenster im Dachzimmer, das einen direkten Blick zur Pfarrkirche ermöglichte. Es war genau zu der Zeit, als in der Kirche die Anbetungsstunde stattfand. Dieses Fenster war wie ein Anziehungspunkt: Maria verstand es, über die Distanz Verbindung mit Gott in ihrem Herzen aufzunehmen und auch ihre Geschwister dazu zu animieren. So wurde die allabendliche Versammlung vor dem Fenster zum Abendgebet eine Familiengewohnheit. Lang blieb sie noch am Abend im Schweigen vor dem Fenster und konnte Gott ganz nahe sein.

Lesung: 1. Korintherbrief 1,26–31

Seht doch auf eure Berufung!
Da sind nicht viele Weise im irdischen Sinn, nicht viele Mächtige, nicht viele Vornehme,
sondern das Törichte in der Welt hat Gott erwählt,
um die Weisen zuschanden zu machen,
und das Schwache in der Welt hat Gott erwählt, um das Starke zuschanden zu machen.
Und das Niedrige in der Welt und das Verachtete hat Gott erwählt:
das, was nichts ist, um das, was etwas ist, zu vernichten,
damit kein Mensch sich rühmen kann vor Gott.
Von ihm her seid ihr in Christus Jesus, den Gott für uns zur Weisheit gemacht hat,
zur Gerechtigkeit, Heiligung und Erlösung.
Wer sich also rühmen will, der rühme sich des Herrn;
so heißt es schon in der Schrift.

Fantasiereise für jüngere Jugendliche

Schließe die Augen und stell dir vor, du bist an deinem Lieblingsplatz. Wie sieht es dort aus, wie fühlt es sich an? ... Stille ... Jetzt stell dir vor, Jesus ist bei dir, er sitzt dir ganz real gegenüber, du kannst ihm alles erzählen, was du ihm sagen möchtest, oder ihn alles fragen, dann sei still und hör, was er dir antwortet, du hörst es in deinem Herzen ... Stille ... Jesus ist dir immer ganz nah, nimm dir dieses Gefühl mit und dann komm zurück in den Raum, in dem du gerade bist, bewege dich und mach die Augen wieder auf. Jesus ist immer noch da, in deinem Herzen.

Anbetung für ältere Jugendliche

Das Allerheiligste wird in der Monstranz für alle sichtbar (bis zum Segen) aufgestellt, und in Stille kann jede_r Zwiesprache halten, wie Maria Mazzarello am Fenster der Valponasca.

Text

Jesu Wunsch an dich: *(jemand liest den Text langsam vor)*
Schau hinein in das Innere meiner Person, meines Wesens. Bleib nicht stehen beim Äußeren. Horch hinter meine Worte, die Geist sind und Leben. Frag hinter meine Taten, die Zeichen sind und Offenbarung. Blick hinter meine Wunden, die Heil sind für dich. Lausch in die Stille meiner Gegenwart. Sieh mich an im Angesicht der jungen Menschen, sieh mich an im Angesicht deiner Freund_innen und Feind_innen. Geh hinein in das Geheimnis meines Herzens und öffne das Fenster für die Liebe, die dich ganz umfängt.

Lied

Laudate Dominum (GfY 251/GL 394)
Das Lied wird mit Wiederholung gesungen, dann leise instrumental gespielt. Dazu werden folgende Worte Maria Mazzarellos gesprochen:

Tun wir das Gute, solang uns Zeit geschenkt ist, und denkt daran, wie viel Gutes geschieht durch ein einziges Wort.

Lied

Laudate Dominum (GfY 251/GL 394)

Tu in Freiheit, wozu die Liebe dich drängt.
Die Antenne eines stillen Herzens nimmt Gottes Stimme wahr.

Lied

Laudate Dominum (GfY 251/GL 394)

Seid fröhlich, seid gut, habt nur Mut und macht andern Mut und versucht immer wieder, in der Gegenwart Gottes zu leben.

Lied

Laudate Dominum (GfY 251/GL 394)

Habt viel Vertrauen in Jesus und Maria. Denkt daran, aufbrechen ist zu wenig, man muss dann auch mutig weitergehen.

Lied

Laudate Dominum (GfY 251/GL 394)

Bitte um die Hilfe der Heiligen

Heilige Maria Mazzarello,
offen für das Wirken des Heiligen Geistes
hast du nach dem Vorbild Mariens
den Willen des Herrn treu erfüllt.
Erbitte uns von Gott
all jene Gnaden, die wir brauchen,
um das zu verwirklichen,
was Er in seiner Liebe mit jedem_r von uns vorhat.
Hilf uns, damit unser Leben
aus der Kraft der Eucharistie
und mit dem Beistand Mariens
ein Zeugnis des Glaubens und der Liebe wird
zur Ehre Gottes
und zur Ausbreitung seines Reiches auf Erden.
Amen.

Segen

Der liebende Blick Gottes soll auf uns ruhen,
seine Gegenwart allzeit erfahrbar sein,
sein Licht in unserm Herzen leuchten.
Dazu segne uns der gütige und liebende Gott,
der Vater, der Sohn und der Heilige Geist. Amen.

Lied

So war Maria Mazzarello (GfY 522)
oder: Wer glaubt, ist nie allein (GL 927)

Franz von Sales – Alles mit Gott tun

**»Die Liebe zerstört nicht,
sie vollendet alles.«** Franz von Sales

Vorbereitung und Material: *Verschiedene Alltagsgegenstände, die in unterschiedlichen Berufen gebraucht werden, liegen in der Mitte (z. B. ein Hammer, eine Zange, ein Glas, ein Buch, ein Stift, eine Tastatur, ein Rosenkranz, ...). Für jede_n sollte ein Stück Plastilin vorbereitet sein. Evtl. kann auch ein Bild von Franz von Sales in der Mitte liegen. Eine Kerze in der Mitte sollte auch nicht fehlen.*

Begrüßung und Kreuzzeichen

Einleitung – Franz von was?

„Die Freiheit ist der kostbarste Teil des Menschen." – Dies schreibt der heilige Franz von Sales. Wer war dieser Mann eigentlich, auf den sich Don Bosco so oft bezieht und nach dem er seine Ordensgemeinschaft benannte?
Franz von Sales (1567–1622) war ein Adeliger, wurde im Jahr 1593 zum Priester und 1602 zum Bischof von Genf geweiht. Trotz des Willens seines Vaters, Anwalt zu werden, entschied er sich, Priester zu wer-

den, und studierte heimlich Theologie neben seinem Jurastudium. Die Auseinandersetzung mit der Lehre des großen Schweizer Reformators Johannes Calvin, es sei schon vorherbestimmt, welcher Mensch in den Himmel und in die Hölle käme, löste in Franz von Sales eine große Krise aus und stürzte ihn in große Glaubenszweifel. Doch eines Tages, als er im Gebet versunken war, hatte er eine besondere Erfahrung, nach der er davon überzeugt war: Egal, ob es vorherbestimmt ist, ob ich in den Himmel komme oder in die Hölle, ich kann es nicht hundertprozentig wissen. Darum will ich lieber in meinem Leben mit und für Gott leben. Er ist es am Ende sowieso, der entscheidet. Von diesem Ereignis an war Franz von Sales von einem großen Optimismus geprägt. Er wird auch gerne der „menschenfreundliche" Heilige genannt, weil er ein großes Gespür für die Bedürfnisse der Menschen hatte. So sah er in jedem Menschen, auch bei seinen Gegner_innen, zuerst die positiven Seiten und versuchte, mit ihnen ins Gespräch zu kommen. Hoch anzurechnen ist ihm auch seine Überzeugung, dass jeder Mensch, egal in welchem Beruf, Leben, Familienstand etc. er steht, Jesus nachfolgen kann und dies nicht alleine den „frommen Mönchen und Klosterschwestern" vorbehalten sei. Diese Erfahrungen schrieb er in seinem Buch „Philothea" nieder, welches zu den meistverkauften christlichen Büchern gehört. Von dieser Liebenswürdigkeit war auch Don Bosco beeindruckt, und viele Punkte der Spiritualität Don Boscos gehen auf Franz von Sales zurück.

Lied

Wir solln glücklich sein (Franz von Sales) (GfY 500)
oder: Lasst uns miteinander (GL 886)

Gedanken aus der Philothea

Schon ein kurzer Blick in die Natur macht deutlich, dass sich jede Pflanzenart in wunderbarer Weise von der anderen unterscheidet. Gott wünscht sich für die Christen dasselbe. Sie sind in einem gewissen Sinn die Pflanzen seiner Kirche. Natürlich werden der Handwerker, der Landwirt, der Student oder der Lehrer ihr christliches Leben ihrem Beruf anpassen müssen. […] Ich bin felsenfest davon überzeugt, dass ein Leben mit Gott nichts zerstört, was dein Leben ausmacht. Schule, Studium, Beruf, Hobby, Sport – du brauchst darauf nicht zu verzichten. Im Gegenteil: Du wirst all diese Dinge sogar noch tiefer leben, wenn du sie in Einheit mit Gott lebst. […]
Es ist wirklich ein Fehler und ein völlig falscher Glaube, zu meinen, dass Soldaten, Politiker, Geschäftsleute oder eine Familie kein richtiges Leben mit Gott führen können. Klar hat man bei diesen Berufen nicht genauso viel Zeit zum Beten wie in einem Kloster. Aber es gibt noch viele andere Möglichkeiten, um im Glauben zu wachsen. Das gilt schon für die Bibel. Abraham, Isaak, Jakob, David, Ijob, Petrus, Paulus […] alle lebten ihren Glauben anders. Warum sollte das heute

nicht mehr möglich sein? Das Glaubensleben unterscheidet sich je nach Beruf, je nach Lebensentscheidung, je nachdem, in welche Abenteuer jemand verwickelt wird. [...] Überall, wo wir sind und leben, sollen wir uns die Einheit mit Gott wünschen und uns auf den Weg machen, unseren Glauben zu leben.

Frei übertragen nach Michel Tournade

Impuls

In der Mitte liegen verschiedene Alltagsgegenstände. Franz von Sales sagt, wir können Gott in jeder Lebenssituation begegnen und nachfolgen. Welcher dieser Gegenstände spricht mich besonders an? Mit welchem Gegenstand verbinde ich viel? Warum? Überlege ein paar Minuten, welcher Gegenstand für dich zutrifft. In welcher Lebenssituation bin ich gerade? Wie kann ich versuchen, hier Gott zu begegnen und bewusst Gott in mein Leben zu integrieren? Forme deine Gedanken in dein Stück Plastilin!

Stille

Aktion

Nach dieser Zeit der Stille ist nun jede_r eingeladen, sein Stück geformtes Plastilin zu den anderen Gegenständen in der Mitte zu legen. Wer möchte, darf seine Gedanken dazu gerne der Gruppe mitteilen.

Vaterunser

Franz von Sales hat die Menschen immer wieder dazu aufgefordert, beim Beten nicht zu viele Worte zu sprechen: „Bete nicht hastig, um recht viel beten zu können, sondern bemühe dich, was du betest, von Herzen zu beten. Ein Vaterunser innig gebetet ist mehr wert als viele rasch und eilfertig heruntergeleierte Gebete." So wollen wir jetzt bewusst das Gebet des Herrn gemeinsam beten und nach jedem Satz eine kurze Stille halten.

Vater unser im Himmel *
Geheiligt werde dein Name *
Dein Reich komme *
Dein Wille geschehe *
Wie im Himmel, so auch auf Erden *
Unser tägliches Brot gib uns heute *
Und vergib uns unsere Schuld *
Wie auch wir vergeben unseren Schuldigern. *
Und führe uns nicht in Versuchung *
Sondern erlöse uns von dem Bösen. *
Amen.

Lied

Der mich atmen lässt (GfY 694)
oder: Gott gab uns Atem (GL 468)

Segen

Gütiger Gott,
du hast den heiligen Franz von Sales dazu berufen,
als Bischof und Lehrer allen alles zu werden.
Hilf uns, sein Beispiel nachzuahmen
und den Mitmenschen zu dienen,
damit durch uns deine Menschenfreundlichkeit sichtbar wird.
Segne uns,
Gott Vater,
Gott Sohn
und Gott Heiliger Geist.
Amen.

Mama Margareta – Frauen engagieren sich

Vorbereitung und Material: *Bilder und Texte zu biblischen Frauen bereitlegen.*

Begrüßung und Kreuzzeichen

Lied

Jetzt ist die Zeit (GfY 14)
oder: Liebe ist nicht nur ein Wort (GL 854)

Einstieg

Wir lesen beim Evangelisten Lukas (24,1–11):
Am ersten Tag der Woche gingen die Frauen mit den wohlriechenden Salben, die sie zubereitet hatten, in aller Frühe zum Grab. Da sahen sie, dass der Stein vom Grab weggewälzt war; sie gingen hinein, aber den Leichnam Jesu, des Herrn, fanden sie nicht.
Während sie ratlos dastanden, traten zwei Männer in leuchtenden Gewändern zu ihnen. Die Frauen erschraken und blickten zu Boden. Die Männer aber sagten zu ihnen: Was sucht ihr den Lebenden bei den Toten? Er ist nicht hier, sondern er ist auferstanden. Erinnert euch an das, was er euch gesagt hat, als er noch in Galiläa war: Der

Menschensohn muss den Sündern ausgeliefert und gekreuzigt werden und am dritten Tag auferstehen. Da erinnerten sie sich an seine Worte.
Und sie kehrten vom Grab in die Stadt zurück und berichteten alles den Elf und den anderen Jüngern. Es waren Maria Magdalena, Johanna und Maria, die Mutter des Jakobus; auch die übrigen Frauen, die bei ihnen waren, erzählten es den Aposteln.
Doch die Apostel hielten das alles für Geschwätz und glaubten ihnen nicht.

Lied

In der Nacht (GfY 441)
oder: Ich lobe meinen Gott, der aus der Tiefe mich holt (GL 383)
oder: Herr, wir können nicht schweigen (Text und Melodie: Christiane Tauber-Ortner)

Impuls

In Kirche und Gesellschaft übernehmen Frauen oft wichtige Rollen und Ämter, die wesentlich zum Funktionieren des Zusammenlebens beitragen. Was wäre ohne all die Leiterinnen von Jungschar- und Ministrant_innengruppen, Pastoralassistentinnen, Musikerinnen, Networkerinnen und die vielen helfenden Hände im Hintergrund? Auch das Wirken Don Boscos wäre nicht denkbar gewesen ohne die tatkräftige Unterstützung seiner Mutter Margareta, die wesentlich zum familiären Klima in Don Boscos Jugendeinrichtungen beigetragen hat.
Margareta [Bosco] war jedoch eine starke Frau mit tiefer Frömmigkeit und klaren Vorstellungen, entschlossen in ihren Entscheidungen, gütig und vernünftig in der christlichen Erziehung ihrer drei Söhne, die vom Temperament her sehr unterschiedlich waren.
Wenn sie gezwungen war, schwierige Entscheidungen zu treffen (wie den Auszug des Jüngsten von zu Hause, um den Frieden zu retten und ihn studieren lassen zu können), unterstützte sie ihre Söhne durch ihren tiefen Glauben, durch Klugheit und Mut und half ihnen, in der Großherzigkeit und in der Unternehmungsfreude zu wachsen. Mit besonderer Liebe begleitete sie ihren Sohn Johannes bis zum Priestertum. Mit 58 Jahren schließlich verließ Mama Margareta ihr geliebtes Haus in Becchi und folgte 1846 Don Bosco nach Turin, um ihn in seiner Lebensaufgabe für die armen und verlassenen Jugendlichen zu unterstützen. Hier verband sich ihr Leben für zehn Jahre aufs engste mit dem ihres Sohnes und mit den Anfängen des salesianischen Werks. Sie war die erste und wichtigste Mitarbeiterin Don Boscos. Mit tatkräftiger Güte wurde sie zum mütterlichen Element des Präventivsystems. Ohne es zu wissen, wurde sie die „Mitbegründerin" der Salesianischen Familie (Don Bosco Familie) […]. Margareta Bosco starb am 26. November 1856 im Alter von 68 Jahren in Turin. Auf dem Weg zum Friedhof begleiteten sie zahlreiche Jugendliche, die sie als „Mama" beweinten.

Nach: www.iss.donbosco.de/Don-Bosco-Familie/Heilige-und-Selige

Aktion

In der Mitte liegen Bilder und Namen von wichtigen Frauen aus der Bibel. Jede_r sucht sich aus den Beispielen eines aus. In Kleingruppen wird dann darüber gesprochen, warum genau dieses Beispiel ausgesucht wurde (Beschreibungen siehe nachfolgenden Abschnitt „Frauen in der Bibel“).

Fürbitten

Jede_r kann freie Fürbitten formulieren, wie z. B.: Wir denken an alle, die einen Dienst in unserer Gesellschaft tun, besonders an die engagierten Frauen.

Segen

Der Segen des Gottes von Sarah und Abraham,
der Segen des Gottes, von Maria geboren,
der Segen des Heiligen Geistes, der über uns wacht
wie eine Mutter über ihre Kinder,
sei mit euch allen. Amen.

Lied

Singt dem Herrn, alle Völker (GfY 666)
oder: Dass du mich einstimmen lässt (GL 389)
oder: Sagt es weiter (Text: Hoffmann, Norres, Mausberg, Schuhen, Melodie: Peter Janssens)

Frauen in der Bibel

Eva – Die Mutter (Genesis 3,20)

„Adam nannte seine Frau Eva (Leben), denn sie wurde die Mutter aller Lebendigen.“ (Genesis 3,20) Eva ist die Mutter des Lebens, sie schützt und pflegt das Leben. Mütterlichkeit äußert sich aber nicht nur darin, Kinder zu bekommen, sondern kann auf vielfältige andere Weise gelebt werden; zum Beispiel im Verhalten Freund_innen gegenüber oder mir selbst gegenüber. Mütterlich kümmern kann ich mich auch um Tiere oder Pflanzen, oder um eine Organisation, die mir am Herzen liegt. Mütterlich sein heißt, Lebendiges aus sich hervorbringen, offen sein für Neues, achtsam mit Neuem umgehen, es in Ruhe wachsen lassen. Mütterlichkeit ist Bejahung des Lebens und Bejahung der Welt.

Sara – Die Lachende (Genesis 18; Genesis 21)

Sara ist die Frau Abrahams, sie ist eine schöne Frau, doch sie ist unfruchtbar. Eines Tages besucht Gott in der Gestalt von drei Männern Abraham und verkündet, dass Sara einen Sohn bekommen wird. Sara hört am Zelteingang zu und reagiert auf diese Verkündigung mit Lachen. Erst ist dieses Lachen ein Ausdruck ihres Unglaubens, das sich aber dann durch die erfüllte Verheißung wandelt: „Gott ließ mich lachen; jeder, der davon hört, wird mit mir lachen.“ (Genesis 21,6) Dieses von Gott geschenkte Lachen ist Ausdruck inniger Lebensfreude.

Hagar – Die Verlassene und vom Engel Geschützte (Genesis 16)

Abrahams Frau Sara kann keine Kinder bekommen und gibt ihrem Mann daher ihre Magd Hagar, damit diese schwanger werden kann. Hagar wird tatsächlich von Abraham schwanger, doch dann behandelt Sara ihre Magd so hart, dass diese davonläuft. An einer Quelle in der Wüste begegnet ihr ein Engel und überredet sie, zurückzukehren. Außerdem verheißt ihr der Engel, dass sie zahlreiche Nachkommen haben werde. Von da an kann Hagar die schlimme Situation besser ertragen, weil sie eine Verheißung in sich trägt und um ihre Würde weiß.

Mirjam – Die Prophetin (Exodus 15,20–21)

Mirjam ist die Schwester Aarons und des Mose und singt nach dem Auszug aus Ägypten ein Lied zu Gottes Ehren über das Wunder am Schilfmeer. Sie „nahm die Pauke in die Hand und alle Frauen zogen mit Paukenschlag und Tanz hinter ihr her. Mirjam sang ihnen vor: Singt dem Herrn ein Lied, denn er ist hoch und erhaben! Rosse und Wagen warf er ins Meer." (Exodus 15,20–21)

Debora – Die Richterin (Richter 4,4–7)

Debora ist eine Richterin in Israel, die sich in Rechtsfragen sehr gut auskennt. Männer und Frauen kommen zu ihr, weil sie vertrauenswürdig ist. Sie erkennt Zusammenhänge und kann für alle nachvollziehbar gut zwischen Recht und Unrecht unterscheiden.

Rut – Die Fremde (Rut 1,16–17)

Sie ist eine moabitische Frau und gebiert auf ungewöhnliche Weise einen Sohn und gelangt somit als Ausländerin in den Stammbaum Jesu. Rut ist die verwitwete Frau des Sohnes eines ausgewanderten Israeliten. Ihre Schwiegermutter beschließt nach dem Tod ihres Mannes, wieder nach Betlehem zurückzugehen. Rut schließt sich ihr an. Sie sagt: „Wohin du gehst, dahin gehe auch ich, und wo du bleibst, da bleibe auch ich. Dein Volk ist mein Volk, und dein Gott ist mein Gott. Wo du stirbst, da sterbe auch ich, da will ich begraben sein."

Judit – Die Kämpferin (Judit 8,7–8)

Judit ist eine Vertreterin des Volkes Israel und verkörperte eine jüdische Frau, die den Geist des Stammes Juda in sich trägt. „Sie hatte eine schöne Gestalt und ein blühendes Aussehen." (Judit 8,7) „Niemand konnte ihr etwas Böses nachsagen, denn sie war sehr gottesfürchtig." (Judit 8,8) Judit kämpft für ihre jüdische Stadt, die von Feinden bedrängt wird. Sie macht sich schön und schleicht sich in das feindliche Lager ein, wo sie den Feldherrn Holofernes fasziniert und ihn schließlich tötet. Somit rettet sie ihr Volk.

Esther – Die Königin (Ester 2,7)

Esther ist ein jüdisches Mädchen und wird an den Hof des Perserkönigs Artaxerxes geholt. „Das Mädchen war von schöner Gestalt und großer Anmut“ (Ester 2,7) und wird zur Königin. Als ein intriganter Beamter einen Juden hinrichten will, setzt Esther sich für ihn ein und rettet ihr Volk vor dem Untergang.

Hanna – Die weise Frau (Lukas 2,36–38)

„Sie war schon hochbetagt [...], hielt sich ständig im Tempel auf und diente Gott Tag und Nacht mit Fasten und Beten.“ (Lukas 2,36–37) In dem Moment, in dem sie das Jesuskind im Tempel in den Arm nimmt, preist sie Gott, weil sie seine Weisheit in dem Kind aufleuchten sieht. Sie spürt sein Geheimnis, hat Gottes Angesicht geschaut und Gott erfahren.

Marta und Maria – Die Gastgeberin und die Hörende (Lukas 10,38–42)

Jesus besucht die beiden Frauen Marta und Maria. Während Marta ganz davon in Anspruch genommen ist, für ihn zu sorgen, setzt sich Maria zu Jesus und hört ihm zu. Die Hörende braucht Zeit für sich, schöpferische Pausen, muss in sich hineinhorchen oder auf den Fremden hören, der Ideen in ihr weckt. Sie ist eine intuitive Frau, kann sich im Zuhören vergessen, ist ganz im Augenblick, fragt nicht nach dem Nutzen ihres Tuns, sondern ist frei, also nicht von ihren Pflichten bestimmt.

Maria Magdalena – Die leidenschaftlich Liebende (Lukas 8,1–2; Johannes 20,1–18)

Bei Lukas ist sie die erste erwähnte Frau, die Jesus auf seinem Weg begleitet. Sie steht Jesus sehr nahe. Jesus hat sie von Dämonen und ihrer inneren Zerrissenheit befreit und ihr ihre Würde und Mitte wiedergegeben. Johannes beschreibt Maria von Magdala im Osterevangelium als die Frau, die als Erste am frühen Morgen aufsteht und zum Grab von Jesus geht. Das Grab ist leer und Maria von Magdala sucht nach Jesus. Als er dann vor ihr steht und sie mit ihrem Namen anspricht, sagt sie zu ihm: „Rabbuni, mein Meister.“ Jesus ist ihr persönlicher Meister. Sie fühlt sich im Herzen von ihm berührt.

Nach Anselm Grün und Linda Jarosch

SALESIANISCHE JUGENDSPIRITUALITÄT

Die salesianische Jugendspiritualität bietet einen spirituellen Weg, der zu einem Leben in Fülle führt. Jugendliche können darin ihr Leben ganz besonders nach dem Vorbild von Don Bosco und Maria Mazzarello auf Jesus Christus ausrichten.

Die salesianische Jugendspiritualität will Jugendliche ermutigen und befähigen, ihren Freund_innen und ihrem Umfeld Vorschläge zu machen und Anregungen zu geben, geistliche und spirituelle Erfahrungen zu machen. Sie heißt deswegen „salesianisch", weil für Don Bosco der heilige Franz von Sales (1567–1622; siehe „Franz von Sales – Alles mit Gott tun") in seiner Güte und Menschenfreundlichkeit ein großes Vorbild war.

Dem heiligen Dominikus Savio (Schüler Don Boscos) gegenüber hat Don Bosco das, was „salesianische Jugendspiritualität" meint, einmal so auf den Punkt gebracht: „Bei uns besteht die Heiligkeit in der Freude!" Und das bedeutet letztlich nichts Anderes als: an Jesus Christus, den Auferstandenen, zu glauben und auf ihn zu hoffen, im Alltag aus der froh machenden Botschaft des Evangeliums zu leben und diese Freude mit anderen zu teilen.

Was heißt das nun konkret?
Im Gespräch und in der Reflexion mit Jugendlichen haben sich fünf Kernpunkte der salesianischen Jugendspiritualität herauskristallisiert:

- Gott im Alltag entdecken
- Mit Freude und Optimismus leben
- Die Freundschaft mit Jesus Christus pflegen
- Den Glauben in der kirchlichen Gemeinschaft leben
- Sich engagieren und offen sein für konkrete Nöte

Auf den folgenden Seiten finden sich Gebetsanregungen zu jedem dieser fünf Kernpunkte.

Mehr dazu unter www.iss.donbosco.de/Spiritualitaet/Salesianische-Jugendspiritualitaet

Gott im Alltag entdecken

Vorbereitung und Material: *Alltagsgegenstände in der Mitte aufle-gen, z. B. Schlüssel, Kopfkissen, Handy, Turnschuh, Kettenanhänger, Handtuch, ...*

Begrüßung und Kreuzzeichen

Lied

Heaven is a wonderful place (GfY 641)
oder: Der Himmel geht über allen auf (GL 904)

Einleitung

Heaven is a wonderful place – der Himmel ist ein wundervoller Ort – haben wir zu Beginn gesungen. Immer wieder hört man, dass es im Himmel so schön sein wird und dass man dann Gott begegnet. Doch was ist jetzt? Gerade für junge Menschen ist der „Himmel" noch sehr weit weg. Don Bosco lädt uns ein, Gott und den Himmel auch im Alltag zu entdecken. Gott ist da – in der Schule, in der Arbeit, bei unseren Freund_innen, am Fußballplatz, in allen Menschen, denen wir begegnen.

Auch in der Bibel haben viele die Erfahrung gemacht, dass Gott auf unterschiedliche Weise bei ihnen ist. Dazu wollen wir gemeinsam den Psalm 8 beten.

Psalm 8,2–10 (GL 33)

Herr, unser Herrscher, *
wie gewaltig ist dein Name auf der ganzen Erde;
über den Himmel breitest du deine Hoheit aus.
Aus dem Mund der Kinder und Säuglinge schaffst du dir Lob,
*deinen Gegnern zum Trotz; **
deine Feinde und Widersacher müssen verstummen.
Seh ich den Himmel, das Werk deiner Finger, *
Mond und Sterne, die du befestigt:
*Was ist der Mensch, dass du an ihn denkst, **
des Menschen Kind, dass du dich seiner annimmst?
Du hast ihn nur wenig geringer gemacht als Gott, *
hast ihn mit Herrlichkeit und Ehre gekrönt.
*Du hast ihn als Herrscher eingesetzt über das Werk deiner Hände, **
hast ihm alles zu Füßen gelegt:
All die Schafe, Ziegen und Rinder *
und auch die wilden Tiere,

*die Vögel des Himmels und die Fische im Meer, **
alles, was auf den Pfaden der Meere dahinzieht.
Herr, unser Herrscher, *
wie gewaltig ist dein Name auf der ganzen Erde!
*Ehre sei dem Vater und dem Sohn **
und dem Heiligen Geist
Wie im Anfang, so auch jetzt und alle Zeit *
und in Ewigkeit. Amen.

Aktion

In der Mitte sind Gegenstände aufgelegt. Jede_r hat Zeit und sucht sich einen dieser Gegenstände aus, den sie_er persönlich mit Gott oder dem persönlichen Glauben verbindet.
Wenn jede_r einen Gegenstand hat, tauscht man sich über die Gedanken aus und teilt so ein Stück vom eigenen Alltag/Leben/Glauben.

Lied

Höchster, allmächtiger und guter Herr (Sonnengesang)
(GfY 622/GL 864)

Abschluss-Gebet

Gott
bist du ein Mann? eine Frau?
bist du Vater? Mutter?
Vielleicht geschieht in dir das Unmögliche

Mann und Frau
Vater und Mutter
Kind und Greis
Leid und Freude
schwach und stark

du bist alles
weil alles
von dir kommt

Andrea Schwarz, Bunter Faden der Zärtlichkeit

Segen

So segne uns Gott
und begleite uns im Alltag mit allem, was sich in unserem Leben tut.
Du, Gott der Vater, der Sohn und der Heilige Geist. Amen.

Lied

I want to praise You, Lord (Kanon) (GfY 678)
oder: Lobet und preiset (Kanon) (GL 408)

Mit Freude und Optimismus leben

»Bei uns besteht die Heiligkeit in der Freude!« Don Bosco

Vorbereitung und Material: *Smileys aus Papier (einen pro Person) und Stifte bereithalten.*

Begrüßung und Kreuzzeichen

Lied

Fröhlich sein, Gutes tun (Kanon) (GfY 517)
oder: Sing mit mir ein Halleluja (GL 868)

Geschichte zu Beginn

Wir wollen zu Beginn eine Geschichte über Don Bosco hören.

Don Bosco: Bund der Fröhlichen

Johannes wollte lernen, um Priester zu werden. Da er ein guter Schüler war, brauchte er kein Schulgeld zu bezahlen. Was er aber zum Leben brauchte, musste er sich zum größten Teil selbst verdienen. Seine Professoren liehen ihm Bücher. Johannes las und las, nächtelang, die berühmten Geschichten und Gedichte der lateinischen und italienischen Schriftsteller. Johannes las auch alte christliche Werke. Ein Satz vom heiligen Augustinus gefiel ihm besonders gut: „Willst du wachsen und in den Augen Gottes groß werden, so fange mit den kleinen Dingen an." Und sein Leben lang merkte Johannes sich, was er beim italienischen Dichter Dante gelesen hatte: „Das Böse vorübergehen lassen. Vergnügt und gut sein und die Spatzen pfeifen lassen!"

Gutes tun, das geht am leichtesten in Gesellschaft, fand Johannes. An der Brücke außerhalb der Stadt sammelte er Mitschüler um sich und unterhielt sie mit Geschichten und Kunststücken. Und dann hatte er eine Idee: Mit seinen besten Freunden gründete er den „Bund der Fröhlichen". Die Mitschüler versprachen, ihre Pflichten als Schüler und Christen genau zu erfüllen und im Übrigen alles zu tun, damit die Welt und die Gesellschaft fröhlicher würden.
„Und wenn uns die anderen auslachen?", fragte Antonio, einer der Freunde. Johannes lachte. Er zeigte zu den Sträuchern hinüber.
„Hörst du die Spatzen? Wie sie lärmen und tschilpen?"
„Ja. Und?"
„Stört dich, dass sie so laut pfeifen?"
„Die Spatzen? Nein, wieso denn?!"
„Willst du ihnen nicht das Pfeifen verbieten?"
„Aber Johannes!"
„Siehst du! Also sei fröhlich, tu Gutes und lass die Spatzen pfeifen!"

Das war ein wunderbarer Vorsatz: die Spötter spotten lassen, die Murrenden murren lassen, auf die Schlimmen nicht hören, die Schimpfenden schimpfen lassen, so wie man eben die Spatzen pfeifen lässt. Aber das Durchhalten im Alltag war nicht leicht. Mühsam überhörte Johannes die Sticheleien der Schulkameraden. „Hilfe, die Engel kommen!" – „Oh Gott, die sind ja zu feig, mit uns Obst klauen zu gehen!"

Nach Lene Mayer-Skumanz

oder: Heiligkeit der Fröhlichkeit

Don Bosco fiel auf, dass einer seiner Schüler schon seit Tagen mit ernster Miene über den Schulhof lief. Auch beteiligte er sich nicht mehr an den Spielen der anderen. Nach dem Grund dafür angesprochen, antwortete der Schüler: „Ich möchte heilig werden." Die Antwort Don Boscos war: „Mein Lieber, bei uns hier besteht die Heiligkeit vor allem darin, dass wir fröhlich sind!"

Lied

Das ist das Fest (GfY 4)
oder: Unser Leben sei ein Fest (GL 859)

Giveaway – Aktion

Smileys aus Papier liegen auf (ein Stück pro Person).

In der Bibel sagt der Apostel Paulus einmal (Philipperbrief 4,4–7): Freut euch im Herrn zu jeder Zeit! Noch einmal sage ich: Freut euch! Eure Güte werde allen Menschen bekannt. Der Herr ist nahe. Sorgt euch um nichts, sondern bringt in jeder Lage betend und flehend eure Bitten mit Dank vor Gott! Und der Friede Gottes, der alles Verstehen übersteigt, wird eure Herzen und eure Gedanken in der Gemeinschaft mit Christus Jesus bewahren.

Jede_r nimmt sich einen Smiley und einen Stift und schreibt auf der Rückseite Möglichkeiten auf, wie er_sie im Alltag Fröhlichkeit leben kann, Optimismus verbreiten kann, die „Spatzen pfeifen" lassen kann. Diese Smileys können als Giveaway mit nach Hause genommen werden.

Segen

Möge dein Weg dir freundlich entgegenkommen,
möge der Wind dir den Rücken stärken.
Möge die Sonne dein Gesicht erhellen
und der Regen um dich her die Felder tränken.
Und bis wir beide, du und ich, uns wiedersehen,
möge Gott dich schützend in seiner Hand halten.

Jörg Zink, Lebenszeiten – Segenszeiten

Dazu segne uns Gott, der Vater und der Sohn und der Heilige Geist. Amen.

Lied

Evviva Don Bosco! (GfY 508)
oder: Herr, wir bitten: Komm und segne uns (GL 920)

Die Freundschaft mit Jesus pflegen

Anbetungsstunde/Zeit der Meditation und Stille mit vielen Liedern

Vorbereitung und Material: *Bei Bedarf leere Zettel, Stifte, Kerzen und Liebesbrief von Gott (siehe Ende dieser Anregung) bereitlegen.*

Begrüßung und Kreuzzeichen

Einführung ins Thema

Don Bosco hat seine Jugendlichen immer wieder dazu eingeladen, die Freundschaft mit Jesus zu pflegen. Wenn man mit jemandem befreundet ist, dann verbringt man viel Zeit mit dieser Person, erzählt ihr viele Sachen, man kann so sein, wie man ist.

Lied

Herr, ich komme zu Dir (GfY 13)
oder: Herr, du bist mein Leben (GL 456)

Bibeltext für Jüngere: Lukas 19,1–10

Dann kam er [Jesus] nach Jericho und ging durch die Stadt. Dort wohnte ein Mann namens Zachäus; er war der oberste Zollpächter und war sehr reich. Er wollte gern sehen, wer dieser Jesus sei, doch

die Menschenmenge versperrte ihm die Sicht; denn er war klein. Darum lief er voraus und stieg auf einen Maulbeerfeigenbaum, um Jesus zu sehen, der dort vorbeikommen musste.
Als Jesus an die Stelle kam, schaute er hinauf und sagte zu ihm: Zachäus, komm schnell herunter! Denn ich muss heute in deinem Haus zu Gast sein. Da stieg er schnell herunter und nahm Jesus freudig bei sich auf.
Als die Leute das sahen, empörten sie sich und sagten: Er ist bei einem Sünder eingekehrt. Zachäus aber wandte sich an den Herrn und sagte: Herr, die Hälfte meines Vermögens will ich den Armen geben, und wenn ich von jemand zu viel gefordert habe, gebe ich ihm das Vierfache zurück.
Da sagte Jesus zu ihm: Heute ist diesem Haus das Heil geschenkt worden, weil auch dieser Mann ein Sohn Abrahams ist. Denn der Menschensohn ist gekommen, um zu suchen und zu retten, was verloren ist.

Impuls

Gott möchte den Menschen begegnen und bei ihnen zu Gast sein. Auch bei uns. Er nimmt uns an mit unseren Schwächen und kennt unsere Stärken. Er liebt uns, wie wir sind, so wie Jesus auch unbedingt bei Zachäus zu Gast sein wollte, obwohl dieser damals einer der bekanntesten Sünder war. Nehmen wir uns Zeit, einfach vor Gott da zu sein, so wie wir sind.

Bibeltext für Ältere: Johannes 21,15–17

Als sie gegessen hatten, sagte Jesus zu Simon Petrus: Simon, Sohn des Johannes, liebst du mich mehr als diese? Er antwortete ihm: Ja, Herr, du weißt, dass ich dich liebe. Jesus sagte zu ihm: Weide meine Lämmer!
Zum zweiten Mal fragte er ihn: Simon, Sohn des Johannes, liebst du mich? Er antwortete ihm: Ja, Herr, du weißt, dass ich dich liebe. Jesus sagte zu ihm: Weide meine Schafe!
Zum dritten Mal fragte er ihn: Simon, Sohn des Johannes, liebst du mich? Da wurde Petrus traurig, weil Jesus ihn zum dritten Mal gefragt hatte: Hast du mich lieb? Er gab ihm zur Antwort: Herr, du weißt alles; du weißt, dass ich dich lieb habe. Jesus sagte zu ihm: Weide meine Schafe!

Impuls

Gott liebt uns, möchte aber auch von uns Menschen geliebt sein. Jesus fragt Petrus ganz direkt, wohlwissend, dass Petrus ihn kurz davor noch verleugnet hat und abgestritten hat, Jesus überhaupt zu kennen. Eine Situation, die wir wahrscheinlich auch aus unserem eigenen Leben kennen. Wie schwierig ist es oft, zum Glauben/zu Jesus zu stehen. Lassen wir uns in dieser Zeit der Meditation und Anbetung von Jesus ansprechen und fragen: Liebst du mich? – Wie lautet unsere ehrliche Antwort?

Aktion

Jede_r kann für sich die Zeit nutzen, einen Platz für sich alleine im Raum/in der Kirche suchen, Gedanken niederschreiben oder eine Kerze anzünden. Es soll aber auch einfach Zeit zum Nachdenken und fürs Gebet sein. Wer möchte, kann sich einen „Liebesbrief von Gott" nehmen.

Lieder

Wo ich auch stehe (GfY 387)
Bei Gott bin ich geborgen (GfY 687)
Land der Ruhe (In Deiner Gegenwart) (GfY 686)
Schweigen möcht ich, Herr (GfY 691)
Here I am to worship (GfY 698)
Confitemini Domino (GL 618/2)
In dir allein wird meine Seele still (GL 709)
Alle meine Quellen (GL 891)
Meine Zeit (GL 907)
Da wohnt ein Sehnen (GL 909)
Christus dein Licht (GL 989)

Segen

Guter Gott, wir bitten dich um deinen Segen.
Stärke uns im Glauben, in der Hoffnung, in der Liebe.
Begleite uns mit deiner Gegenwart.
Segne uns, du liebender Gott,
Vater, Sohn und Heiliger Geist.
Amen.

Lied

Niemand als Du, Herr (GfY 696)
oder: Jesus Christ, You are my life (GfY 538/GL 362)

Liebesbrief von Gott

Mein liebes Kind,

Ich kenne dich ganz genau, selbst wenn du mich vielleicht noch nicht kennst. (Psalm 139,1)
Ich weiß, wann du aufstehst und wann du schlafen gehst. Ich kenne alle deine Wege. (Psalm 139,3)
Ich habe dich nach meinem Bild geschaffen. (Genesis 1,27)
Du bist mein Kind. (Apostelgeschichte 17,28)
Du warst kein Unfall. Ich habe jeden einzelnen Tag deines Lebens in mein Buch geschrieben. (Psalm 139,15-16)
Ich habe den Zeitpunkt und den Ort deiner Geburt bestimmt und mir überlegt, wo du leben wirst. (Apostelgeschichte 17,28)
Ich habe Pläne für dich, die voller Zukunft und Hoffnung sind. (Jeremia 29,11)

Meine guten Gedanken über dich sind so zahlreich wie der Sand am Meeresstrand. (Psalm 139,17–18)
Ich freue mich so sehr über dich, dass ich nur jubeln kann. (Zephania 3,17)
Wenn dein Herz zerbrochen ist, bin ich dir nahe. (Psalm 34,18)
Wie ein Hirte ein Lamm trägt, so trage ich dich an meinem Herzen. (Jesaja 40,11)
Eines Tages werde ich jede Träne von deinen Augen abwischen. Und ich werde alle Schmerzen deines Lebens wegnehmen. (Offenbarung 21,3–4)
Ich habe alles für dich aufgegeben, weil ich deine Liebe gewinnen will. (Römer 8,31–32)
Ich frage dich nun: Willst du mein Kind sein? (Johannes 1,12–13)
Ich warte auf dich. (Lukas 15,11–32)

In Liebe,
dein Vater – allmächtiger Gott

www.e-water.net

Den Glauben in der kirchlichen Gemeinschaft leben

Vorbereitung und Material: *Ca. 30 Würfel (10x10x10cm) aus Holz oder Karton, die man gut stapeln kann, und Stifte auflegen.*

Begrüßung und Kreuzzeichen

Lied

Eingeladen zum Fest des Glaubens (GfY 2)
oder: Lobe den Herrn, meine Seele (GL 876)

Einleitung

Das Leben eines jungen Menschen ist voller Abenteuer, voller Sehnsucht und voll Aufbruch. Gemeinschaft hilft Menschen auf ihrem Weg durchs Leben. Gemeinschaft hilft auch im Glauben.

Dazu wollen wir eine Erzählung über den heiligen Johannes Bosco hören.

Geschichte: Don Bosco als Seiltänzer

Der junge Johannes Bosco hatte immer wieder erfahren, dass seine Spielkameraden in Becchi keine Lust hatten zum Beten und dazu, am Gottesdienst teilzunehmen. Viele seiner Freunde beteten nur selten oder überhaupt nicht; einige suchten jede Möglichkeit, sich vor der heiligen Messe zu drücken. Als alle guten Ratschläge und Mahnungen nichts nützten, kam Johannes auf eine Idee. Eines Tages stellte er mitten auf den Marktplatz einen Tisch; auf dem lagen verschiedene Gegenstände, die mit einem großen Tuch verdeckt waren.

Zwischen zwei Bäumen spannte er ein Seil. Dann begann Johannes Bosco, auf dem Seil herumzuturnen, und schon bald liefen die Jungen und Mädchen aus allen Ecken und Enden Becchis zusammen, von Neugierde getrieben. Sogar einige Erwachsene konnten es sich nicht verkneifen, um die Hausecken auf den Marktplatz zu schauen. Und man kam aus dem Staunen nicht mehr heraus: Johannes Bosco turnte auf dem Seil zwischen den Bäumen hin und her, dann sprang er herunter, zog das Tuch vom Tisch und führte mit den Gegenständen ein Zauberkunststückchen nach dem anderen vor, immer wieder von Beifall unterbrochen.

Plötzlich hörte Johannes auf und sprach zu seinen Zuschauern: „So“, sagte er, „es hat euch also gefallen! Eigentlich müsste ich jetzt mit einem Hut herumgehen und meinen Lohn einsammeln. Aber ich mache euch einen anderen Vorschlag: Mein Lohn soll sein: jetzt ein gemeinsames Gebet und: dass ihr am Sonntag alle in der Messe seid!“ Schon zogen einige Jungen ihre Mützen vom Kopf und falteten die Hände. Johannes Bosco betete mit ihnen, und am Sonntag waren fast alle in der Messe.

Impuls

Don Bosco hat Menschen von Gott begeistern können. Er hat sie auch dazu gebracht, ihren Glauben in der Kirche, im Gottesdienst, im Gebet zu entdecken. Auch uns will Don Bosco motivieren, kirchliche Gemeinschaft zu suchen und vor allem auch die Kirche mitzugestalten.
In der Gemeinschaft der Kirche hat jede_r einen Platz. Jede_r wird gebraucht, jede_r darf sich tragen lassen. Sie ist ein Ort, an dem man die größten Glücksmomente, aber auch die schwersten Zeiten miteinander teilen kann.

Lied

Geh den Weg nicht allein (GfY 597)
oder: Wo zwei oder drei (GL 926)

Aktion

In der Mitte liegen viele Würfel (ca. 10x10x10cm). Auf einigen dieser Holzwürfel stehen Begriffe von Aufgaben, Gruppierungen, Angeboten, welche es in der Kirche gibt, z. B. Ministrant_in, Pfarrer, Begräbnis, ... Alle sollen ihren Namen auf einen Würfel schreiben (evtl. Würfelseiten mit Papierkärtchen bekleben). Anschließend bauen zwei bis drei Leute aus all den Würfeln eine große Kirche auf.

So wie wir jetzt diese Kirche aus den Würfeln gebaut haben, sollen wir auch eine Kirche aus lebendigen Steinen bauen. Jede_r kann sich selbst mit den eigenen Talenten und Fähigkeiten einbringen, hat aber auch Platz mit allen Ecken und Kanten.

Bibelstelle: Matthäus 21,42

Und Jesus sagte zu ihnen:
Habt ihr nie in der Schrift gelesen:
Der Stein, den die Bauleute verworfen haben,
er ist zum Eckstein geworden;
das hat der Herr vollbracht,
vor unseren Augen geschah dieses Wunder?

Vaterunser

Wir wollen Gott im Vaterunser um seine Unterstützung bitten, dass wir eine lebendige, ansprechende, einladende Kirche bauen können, die von Nächstenliebe und Gemeinschaft geprägt ist. Als Zeichen unserer Gemeinschaft geben wir uns die Hände.

Segen

Gott des Lebens, segne uns,
unsere Gedanken, unsere Worte, unser Handeln.
Unsere Freude, unsere Traurigkeit, unsere Ängste, unsere Hoffnung.
Unser Gehen und unser Ruhen.
Sei du bei uns, wenn wir an deiner Kirche weiterbauen.
So segne uns Gott
der Vater, der Sohn und der Heilige Geist. Amen.

Lied

Wir wollen aufstehn (GfY 601)
oder: Wer glaubt, ist nie allein (GL 927)

Sich engagieren und offen sein für konkrete Nöte

Vorbereitung und Material: *Papier und Stifte bereitlegen und Hintergrundmusik auswählen.*

Begrüßung und Kreuzzeichen

Lied

Liebe ist nicht nur ein Wort (GfY 646/GL 854)
oder: Wir mischen mit (Text und Melodie: Claudia Mitscha-Eibl)

Einleitung

„Sich engagieren und offen sein für konkrete Nöte" ist heute Thema unseres Gebets. Gleich zu Beginn wollen wir eine Geschichte dazu hören.

Geschichte: „Nur den Samen"

Ein junger Mann betrat im Traum einen Laden.
Hinter der Theke stand ein Engel.
Hastig fragte er ihn: „Was verkaufen Sie, mein Herr?"
Der Engel antwortete freundlich: „Alles, was Sie wollen."

Der junge Mann begann aufzuzählen:
„Dann hätte ich gern das Ende aller Kriege in der Welt,
bessere Bedingungen für die Randgruppen der Gesellschaft,
Beseitigung der Elendsviertel in Lateinamerika,
Arbeit für die Arbeitslosen, mehr Gemeinschaft, Liebe in der Kirche
und ... und ..."

Da fiel ihm der Engel ins Wort: „Entschuldigen Sie, junger Mann,
Sie haben mich falsch verstanden. Wir verkaufen keine Früchte,
wir verkaufen nur den Samen."

Karlheinz Summerer

Das Gleichnis vom Senfkorn: Matthäus 13,31–32

Er [Jesus] erzählte ihnen ein weiteres Gleichnis und sagte: Mit dem Himmelreich ist es wie mit einem Senfkorn, das ein Mann auf seinen Acker säte. Es ist das kleinste von allen Samenkörnern; sobald es aber hochgewachsen ist, ist es größer als die anderen Gewächse und wird zu einem Baum, sodass die Vögel des Himmels kommen und in seinen Zweigen nisten.

Aktion

(meditative Hintergrundmusik, Zettel und Stifte liegen auf)
Es ist Zeit zum Nachdenken, zum Beten, Schreiben und Gedanken sammeln. „Wir verkaufen keine Früchte, nur den Samen." Was meint dieser Satz? Was wünsche ich mir, dass auf der Welt anders läuft, und was kann ich dazu beitragen? Wo möchte ich Gott um seine Unterstützung bitten? *Er* ist es schließlich, der den Samen zum Wachsen und Blühen bringt.
(ca. 5–10 Minuten Stille, je nach Gruppe auch länger)

Fürbitten

Ich lade dich ein, dass du deine Bitten zu Gott bringst, im Vertrauen darauf, dass er dich kennt und deine Bitten hört. Du kannst deine Bitten in einem Wort zusammengefasst auch laut aussprechen, wie ein Thema, das wir auch einander mitteilen wollen, z. B. Friede, Freundschaft, Geschwister.

Vaterunser

Segen

Jeder legt seine Hand auf die Schulter der benachbarten Person als Symbol der Unterstützung und Stärkung.

Der Herr segne dich und behüte dich.
Der Herr lasse sein Angesicht über dich leuchten und sei dir gnädig.
Der Herr wende sein Angesicht dir zu und schenke dir Heil.
(Numeri 6,24–26)

Lied

Wenn einer zu reden beginnt (GfY 196)
oder: Fürchte dich nicht (GL 908)

Gute Nacht-Wort

Vorbereitung und Material: *Geschichte und Wort zur Guten Nacht bereithalten.*

Begrüßung und Kreuzzeichen

Lied

Evviva Don Bosco! (GfY 508)
oder: Diesen Tag, Herr (GL 708)

Geschichte zur Entstehung des „Wortes zur Guten Nacht"

Klein und bescheiden begann Don Bosco auch mit einem Internat. An einem regnerischen Maitag klopfte ein ganz durchnässter 15-jähriger Junge schüchtern an. „Ich bin Waise, komme aus dem Dorf Valesia, bin Maurer und habe keine Arbeit. Ich friere, ich weiß nicht, wohin ich gehen soll." Don Boscos Mutter, Mama Margareta, nahm ihn auf, setzte ihn zum Herdfeuer, gab ihm Suppe und Brot.
Auf ihre Frage: „Wohin willst du nun gehen?", brach er in Tränen aus und sagte: „Ich bitte, um der Liebe willen, in irgendeinem Winkel des Hauses übernachten zu dürfen." Mama Margareta richtete in der Küche das erste Bett. Auf Ziegel legte sie einige Bretter und brachte dann einen Strohsack. Dann betete sie mit dem Maurerlehrling und sagte ihm einige gute und belehrende Worte über den Wert der Arbeit und die Treue im Glauben.

Die Salesianer Don Boscos sehen bis heute in diesem Abendwort der Mutter Don Boscos die ersten „Worte zur Guten Nacht". Für Don Bosco war diese tägliche kurze Ansprache ein wertvolles Erziehungsmittel. Es war wie in einer Familie, in der die Eltern ihre Kinder zu Bett bringen und ein Gutenachtlied singen.

Anton Birklbauer

Wort zur Guten Nacht

Auch heute will ich euch so ein Wort zur Guten Nacht mitgeben, das uns in die Nacht begleiten soll (z. B. eine Geschichte, ein Erlebnis des Tages/der Woche aufgreifen, einen guten Gedanken mitgeben, eine persönliche Glaubenserfahrung erzählen, ...). Aktuelle Gedanken zur Guten Nacht sind auf der Homepage der salesianischen Jugendbewegung zu finden. (www.donbosco4youth.at/gutenachtwort)

Gebet

Gott, du Quell der Freude,
du hast den heiligen Johannes Bosco berufen,
der Jugend ein Vater und Lehrer zu sein.
Gib auch uns die Liebe, die ihn erfüllt hat,
damit wir fähig werden,
Menschen für das Evangelium zu begeistern
und selbst nach deiner Botschaft zu leben.

Lied

Heute, Don Bosco, heut noch (GfY 512)
oder: In dir allein (GL 709)

Abschluss

Allen eine „Gute Nacht" wünschen!

Glaube an den guten Kern in jeder_m

»In jedem Jugendlichen, auch im unglücklichsten, gibt es einen Punkt, wo er dem Guten zugänglich ist.« Don Bosco

Vorbereitung und Material: *Ein kleiner Spiegel (ca. 15x15cm pro Person) bzw. Spiegelfolie und wasserfeste Stifte werden benötigt.*

Begrüßung und Kreuzzeichen

Lied

Komm, gib mir deine Hand (GfY 717)
oder: Manchmal feiern wir (GL 472)

Einleitung

Jeder Mensch ist einzigartig! Manchmal führt dieses Unterschiedlich-Sein zu Konflikten, aber meistens ist es eine Bereicherung.

Nicht jede_r kann alles, aber alle gemeinsam ergänzen sich in ihren Fähigkeiten und können Schwächen der anderen ausgleichen. Der heilige Don Bosco hat sich im 19. Jahrhundert für Kinder und Jugendliche eingesetzt, von denen alle anderen glaubten, dass sie nichts Gutes in sich und an sich hätten. Sie gehörten nicht zur Gesellschaft dazu und waren verachtet. Aber Don Bosco hatte eine andere Sicht auf den Menschen. Hören wir dazu eine Geschichte.

Geschichte: Don Bosco und Bartolomeo Garelli

Die Sprache der folgenden Geschichte ist 140 Jahre alt und manche Ausdrücke fremd. Don Bosco schildert, wie er dem ersten Jugendlichen, Bartolomeo Garelli, begegnet und wie alles begonnen hat. Damals hat er vom Katechismus-Unterricht, eine Form des privaten Religionsunterrichts, gesprochen. Don Bosco war es wichtig, dass die Jugendlichen über den Glauben und ihre Religion Bescheid wissen und gute Erfahrungen im Glauben und mit der Kirche machen. Nur so kann der Glaube in jedem Menschen wachsen und Kraft und Freude schenken. Im Folgenden erzählt Don Bosco:

Am Festtag der Unbefleckten Empfängnis Mariens (8. Dezember 1841) war ich in der Sakristei und zog gerade die Messgewänder an, als ich eine Unruhe bemerkte. Der Mesner Giuseppe Comotti sah in einer Ecke einen Jugendlichen stehen und forderte ihn auf, bei der Messe zu ministrieren. „Das kann ich nicht", sagte dieser beschämt. „Jetzt komm", sagte der Mesner. „Ich will, dass du ministrierst!" „Ich kann es nicht!", wiederholte der Jugendliche. „Ich habe das noch nie getan." „Du Esel", schrie Comotti wütend, „wenn du nicht ministrieren kannst, warum treibst du dich dann hier herum?" Dabei griff er nach dem Staubwedel und schlug mit dessen Stange auf die Schultern und den Kopf des Jugendlichen ein. Dieser lief schreiend davon.

„Was macht Ihr?", rief ich, „warum schlagt Ihr ihn?" „Weil er in die Sakristei kommt und nicht ministrieren kann." „Das war Unrecht von Euch!" „Geht Sie das etwas an?" „Ja, denn er ist einer meiner Freunde. Ruft ihn sofort zurück. Ich muss mit ihm sprechen."

Der Junge kam ganz verängstigt zurück. Er hatte kurzes Haar und trug eine vom Mörtel schmutzige Jacke, war also ein Zugezogener. Wahrscheinlich hatten seine Angehörigen gesagt, er solle, wenn er nach Turin komme, in die Messe gehen. In die Sakristei war er vielleicht gekommen, weil er es nicht gewagt hatte, zusammen mit den gut gekleideten Leuten in die Kirche zu gehen, denn es war ja ein hoher Festtag. So hatte er es durch die Sakristei versucht, wie es die Männer und Burschen in den Dörfern auf dem Land gewohnt waren.

Ich fragte ihn freundlich: „Warst du heute schon in der Messe?" „Nein." „Dann komm doch mit. Nachher werde ich dir etwas sagen, was dir Freude machen wird." Er versprach, zu kommen.

Nach der Messe führte ich ihn in eine kleine Seitenkapelle und fragte ihn ganz freundlich: „Mein lieber Freund, wie heißt du denn?“ „Bartolomeo Garelli.“ „Woher kommst du?“ „Aus Asti.“ „Was arbeitest du?“ „Maurer.“ „Lebt dein Vater noch?“ „Nein, er ist gestorben.“ „Und deine Mutter?“ „Sie ist auch gestorben.“ „Wie alt bist du?“ „Sechzehn.“ „Kannst du schreiben?“ „Nein.“ „Kannst du singen?“ Der Junge wischte sich die Augen aus, schaute mich ein wenig verwundert an und sagte: „Nein.“
„Kannst du pfeifen?“
Bartolomeo lachte. Das war es, was ich wollte. Wir begannen, Freunde zu werden. „Warst du schon bei der Erstkommunion?“ „Noch nicht.“ „Hast du schon einmal gebeichtet?“ „Ja, als ich noch klein war.“ „Und gehst du zum Katechismus-Unterricht?“ „Ich trau mich nicht. Die anderen Jungen sind viel kleiner als ich, und dann lachen sie mich aus.“ „Wenn ich dir eigens, also ganz allein, Unterricht geben würde, würdest du dann kommen?“ „Sehr gern.“ „Auch hierher?“ „Wenn ich nicht geschlagen werde!“ „Sei ganz ruhig, jetzt bist du mein Freund, und niemand wird dich anrühren. Wann willst du anfangen?“ „Wann Sie wollen.“ „Auch sofort?“ „Mit Freude!“

Teresio Bosco

Impuls

Don Bosco hat an das Gute in jedem Menschen geglaubt. „In jedem Menschen ist ein Punkt, an dem er für das Gute zugänglich ist“, so lautet ein berühmter Satz von ihm.
Und diese Idee hat er auch immer wieder durch Lesen aus dem Wort Gottes in der Heiligen Schrift bestätigt bekommen. Eines dieser Worte Gottes wollen auch wir uns jetzt von Gott zusagen lassen.

Aktion

Jede_r bekommt einen kleinen Spiegel bzw. eine Spiegelfolie und setzt sich so hin, dass er_sie nur sich selbst im Spiegel sehen kann. Wenn es ruhig ist, liest der_die Gruppenleiter_in die Bibelstelle Jesaja 43,1b–7 vor.

Jesaja 43,1b–7

Fürchte dich nicht, denn ich habe dich ausgelöst,
ich habe dich beim Namen gerufen, du gehörst mir.
Wenn du durchs Wasser schreitest, bin ich bei dir,
wenn durch Ströme, dann reißen sie dich nicht fort.
Wenn du durchs Feuer gehst, wirst du nicht versengt,
keine Flamme wird dich verbrennen.
Denn ich, der Herr, bin dein Gott,
ich, der Heilige Israels, bin dein Retter.

Ich gebe Ägypten als Kaufpreis für dich,
Kusch und Seba gebe ich für dich.
Weil du in meinen Augen teuer und wertvoll bist
und weil ich dich liebe,
gebe ich für dich ganze Länder und für dein Leben ganze Völker.
Fürchte dich nicht, denn ich bin mit dir.
Vom Osten bringe ich deine Kinder herbei,
vom Westen her sammle ich euch.
Ich sage zum Norden: Gib her!, und zum Süden: Halt nicht zurück!
Führe meine Söhne heim aus der Ferne, meine Töchter vom Ende der Erde!
Denn jeden, der nach meinem Namen benannt ist,
habe ich zu meiner Ehre erschaffen, geformt und gemacht.

Giveaway – Aktion

Nachdem der Text vorgelesen worden ist, bekommt jede_r einen wasserfesten Stift, mit dem es möglich ist, auf die Spiegelfläche zu schreiben. Im Hintergrund läuft ruhige Musik und jede_r schreibt Begriffe auf den Spiegel, die umschreiben, was man an sich selbst als wertvoll erachtet, wofür man Gott danken möchte. Diese Spiegel können als Erinnerung mit nach Hause genommen werden.

Gebet

Heute, Don Bosco

Heute möchte ich im Bewusstsein leben,
dass Gott bei mir ist und mich begleitet.
Das macht mich froh,
weil ich mich geliebt weiß
und mit seiner Hilfe rechnen kann.

Lass mich wie du Fröhlichkeit ausstrahlen,
für die Menschen um mich ein gutes Wort haben,
mich für das Gute im Alltag einsetzen
und an das Gute im Menschen glauben.

Sr. Elisabeth Siegl FMA

Segen

So segne uns der gute und barmherzige Gott,
der uns erschaffen hat und liebt,
der Vater und der Sohn und der Heilige Geist. Amen.

Lied

Vergiss es nie (GfY 534)
oder: Sei unser Gott (GL 903)

What would Don Bosco do?

10 Hinweise für ein Leben im Geist Don Boscos

1. Sei nicht zu streng zu dir selbst, sondern habe Mut, dir selbst Dinge zu verzeihen und sanftmütig zu sein, genauso wie es der heilige Franz von Sales vorgelebt hat!
2. Sei darum bemüht, allen liebenswürdig zu begegnen!
3. Denk daran, was Don Bosco zu Domenico Savio gesagt hat, und verleih deinem Glauben in der Fröhlichkeit Ausdruck!
4. Lebe authentisch! Geh deinen Glaubensweg mit den jungen Menschen und mit deinen Freund_innen und sei ihnen ein Vorbild!
5. Erträume dir keine außergewöhnlichen Wunder von Gott, sondern nimm dankbar die Gaben an, die er dir geschenkt hat! Lebe einfach und bodenständig und ersehne nichts Besonderes!
6. Lebe auch im Alltag in enger Verbundenheit mit Gott! Denke an ihn, sprich mit ihm!
7. Hör Gott zu! Frage nach seinem Willen, danke ihm und bitte um seinen Segen für dich und die anderen!
8. Lass dich von Gott und den Menschen in den Dienst nehmen! Sei für junge Menschen und für deine Freund_innen da! Bemühe dich, die von dir übernommenen Aufgaben und Pflichten gut zu erfüllen!
9. Pflege das Gespräch mit Gott, damit er dir Kraft gibt für deinen Dienst unter der Jugend!
10. Im Wissen darum, für wen du dich mühst, kümmere dich nicht allzu sehr darum, was andere von dir und deinem Tun halten. Geh deinen Weg und „lass die Spatzen pfeifen“!

Nach Sr. Gisela Porges FMA

Confronto-Gebet

Guter Gott,
mit DIR wollen wir da sein:

voll Freude und Spaß
in Gemeinschaft und Begegnung,
in unserer Verrücktheit und Einzigartigkeit,
mit Begeisterung am Glauben,
mit allen unseren Stärken und Schwächen,
ohne Masken zu tragen,
ohne Angst und Zurückweisung
wollen wir die gemeinsame Zeit
miteinander erleben
und das Erlebte in unseren Alltag mitnehmen.

Schenke uns
Engagement und Lebensfreude,
Freundschaft und Akzeptanz,
Solidarität und Nächstenliebe,
damit DU durch uns sichtbar wirst.

Gib uns Mut und Vertrauen,
um nach dem Vorbild Don Boscos
Kirche lebendig zu gestalten.

Denn mit deinem Sohn Jesus Christus
als Freund an unserer Seite
zeigst du uns, wie Leben gelingt.
Amen.

Christoph Zwielehner, Paul Taubenschuss SMDB, P. Herbert Salzl SDB

Confronto ist Teil der salesianischen Jugendbewegung. Jugendliche gestalten für Jugendliche in der Spiritualität Don Boscos österreichweite Jugendwochenenden, bei denen Glaubens- und Lebensthemen aufbereitet werden. Neben spirituellen Elementen gibt es viele Spiele, Workshops und Gemeinschaftserfahrungen.
Infos und Termine unter www.confronto.at

CONFRONTO
DON·BOSCO
www.confronto.at

Sendungsgebet für einen Volontariatseinsatz

Guter Gott,
vor dir stehen junge Menschen, die sich auf
ein Volontariatsjahr vorbereitet haben,
die offen und bereit sind für ihren Einsatz
an verschiedenen Orten deiner Welt.
Sie werden viel Freude erleben und
vielen Herausforderungen begegnen.

Darum bitten wir dich für sie:
um Kraft in schwierigen Momenten,
um Menschen, um Freude zu teilen,
um Weitblick in einer anderen Kultur,
um Geduld, um Zweifel auszuhalten,
um viele Ideen,
um ihr Engagement nachhaltig zu gestalten,
um Liebe, um auf die Menschen zuzugehen,
um deine Begleitung auf ihren Wegen.
Denn du bist es, der uns in diese Welt gestellt hat,
die so bunt und lebendig ist.

Du wirkst durch die Volontärinnen und Volontäre,
die im Geist Don Boscos ihren Einsatz gestalten.
Sende ihnen deinen Geist.
Amen.

Theresa Aschauer, Sophia Stanger, Katharina Jordan, Volontärinnen

VOLONTARIAT bewegt (eine Initiative von Jugend Eine Welt und den Salesianern Don Boscos) und VIDES AUSTRIA (Volontariatsprogramm der Don Bosco Schwestern) bieten jungen Menschen zwischen 18 und 35 Jahren die Möglichkeit, ein freiwilliges soziales Jahr in einer Don Bosco Einrichtung an verschiedenen Orten der Welt zu machen. Ein Jahr lang (bei VIDES auch kürzer) arbeiten und leben sie in Projekten der Salesianer Don Boscos oder der Don Bosco Schwestern in Schulen, Heimen, Straßenkinderprojekten, Pfarren, Oratorien.
Infos unter: www.volontariat.at, www.vides.at

VOLONTARIAT bewegt

VIDES AUSTRIA

BETEN – IMMER UND ÜBERALL

Gibt es eine rechte Zeit für das Gebet? Einen besonders geeigneten Ort?
Die Überschrift verrät, dass Beten jeden Rahmen sprengen kann.
In diesem Abschnitt sind viele Anregungen zu finden, die zum Gebet führen möchten, bzw. viele persönliche Gedanken, die aus dem Gebet heraus entstanden sind. Sie sollen als Anregung zum Weiterdenken und Weiterbeten dienen.

Advent

Advent ist mehr ...
als ein paar brennende Kerzen
als erleuchtete Einkaufsstraßen
als Punsch- und Keksedurft in der Nase
als Hektik und Stress beim Einkaufen
als Besinnen und Ruhig-Werden auf Kommando
als die Zeit bis zum 24. Dezember

Advent ist immer ...
wenn wir in Erwartung leben
wenn wir mit Gott in unserem Alltag rechnen
wenn wir uns Zeit nehmen
zur Menschwerdung
wenn wir Seine Wiederkunft
in Herrlichkeit erwarten
wenn wir da sind und ER bei uns
ankommen darf

Advent ist ...
die Einladung zu einer Lebenseinstellung –
Jesus Christus zu erwarten, seine Wiederkunft
zu erhoffen und sich auf seine Ankunft in
Herrlichkeit vorzubereiten.
Und damit dürfen wir jeden Tag neu anfangen –
auch weit über den 24. Dezember hinaus ...

P. Herbert Salzl SDB

Weihnachten

Was bringt's?

Was bringt's, das Kind in der Krippe?
Bringt es Geschenke?
Erfreut es mich oder doch nur den Handel
mit dem blühenden Weihnachtsgeschäft?

Was hat es bloß auf sich mit diesem Christkind?
Was hat es an sich, dass jeder und alles ihm nachläuft?
Ist es nicht total irrational,
2000 Jahre nach seiner Geburt
immer noch GEBURTSTAG zu feiern?

Was bedeutest du mir, Kind in der Krippe?
Gehst du mir auf die Nerven mit deinem
alljährlichen Erscheinen,
oder bin ich dir doch einfach nur dankbar,
dass du immer noch da bist?

Was bringst du mir, Jesus, kleines Kind?

Florian Mayrhofer

Was ändert sich durch Weihnachten?

NICHTS – auch morgen geht die Welt nicht unter, die Wirtschaftslage bleibt instabil, die Ernährung ungesund und das Leben zerbrechlich.
ALLES – wenn ich beginne, das zu leben, was ich feiere:
Gott ist da! Mitten unter uns.
Im Nächsten, im Alltag, in der Kirche, im Gebet, im Tun und Lassen, in der Arbeit und der Freizeit, im Sehnen und Suchen, im Lieben und Leben ... Möchte ich IHN entdecken?
Weihnachten verändert alles – wenn ICH will.

P. Herbert Salzl SDB

Jahresabschluss – Alles hat seine Zeit

Kohelet 3,1–8

Alles hat seine Stunde. Für jedes Geschehen unter dem Himmel gibt es eine bestimmte Zeit:
eine Zeit zum Gebären und eine Zeit zum Sterben,
eine Zeit zum Pflanzen und eine Zeit zum Abernten der Pflanzen,
eine Zeit zum Töten und eine Zeit zum Heilen,
eine Zeit zum Niederreißen und eine Zeit zum Bauen,
eine Zeit zum Weinen und eine Zeit zum Lachen,
eine Zeit für die Klage und eine Zeit für den Tanz,
eine Zeit zum Steinewerfen und eine Zeit zum Steinesammeln,
eine Zeit zum Umarmen und eine Zeit, die Umarmung zu lösen,
eine Zeit zum Suchen und eine Zeit zum Verlieren,
eine Zeit zum Behalten und eine Zeit zum Wegwerfen,
eine Zeit zum Zerreißen und eine Zeit zum Zusammennähen,
eine Zeit zum Schweigen und eine Zeit zum Reden,
eine Zeit zum Lieben und eine Zeit zum Hassen,
eine Zeit für den Krieg und eine Zeit für den Frieden.

Impuls

Nimm dir eine Stunde Zeit für einen Jahresrückblick. Schau auf das vergangene Jahr, ohne das Geschehene zu bewerten. Manchmal kann es helfen, die Gedanken auch aufzuschreiben, nach einer Nachdenkzeit etwas zu malen oder bei einem Spaziergang darüber nachzudenken.

Impulsfragen für einen Jahresrückblick:

- Wo habe ich im letzten Jahr einen Neubeginn erlebt, wo habe ich etwas abgeschlossen, bewusst hinter mir gelassen?
- Habe ich letztes Jahr etwas ausgesät oder Früchte geerntet?
- Habe ich etwas vernichtet, ist etwas gestorben? Wo konnte etwas heilen?
- Habe ich ganz bewusst etwas niedergerissen, habe ich etwas neu aufgebaut, weitergebaut?
- Was hat mich im vergangenen Jahr zum Weinen, zum Lachen gebracht?
- Worüber könnte ich am meisten klagen? Bei welchen Erinnerungen möchte ich tanzen?

- Habe ich mit Steinen auf jemanden geworfen oder bin ich von Steinen getroffen worden?
- Hatte ich das Bedürfnis, jemanden zu umarmen/umarmt zu werden oder eine Umarmung zu lösen?
- Habe ich im letzten Jahr nach etwas gesucht oder suche ich noch immer? Habe ich schmerzhafte Verluste gespürt?
- Was ist mir besonders gut gelungen – was möchte ich behalten und was vom letzten Jahr möchte ich lieber wegwerfen?
- Habe ich etwas zerrissen oder etwas zusammengenäht?
- Wann habe ich bewusst geschwiegen und worüber möchte ich lieber schweigen? Wann waren Zeiten, wo etwas gesagt werden musste?
- Habe ich im letzten Jahr Liebe geschenkt oder bekommen? Habe ich Hass empfunden oder entgegengebracht bekommen?
- Gab es Zeiten der Uneinigkeit oder des Krieges? Wann habe ich inneren und äußeren Frieden empfunden?
- Wo habe ich Gott im letzten Jahr in den unterschiedlichsten Zeiten wahrgenommen?

Don Bosco Haus, Wien

Mit Gott ins neue Jahr

»Jeder Augenblick, den du gut nutzt, ist ein Schatz, den du gewinnst.« Don Bosco

Die Psalmen sind eine Sammlung von Liedern, die von Menschen in unterschiedlichsten Lebenslagen gebetet wurden. Vielleicht kann dir einer der zwei Psalmen helfen, gut mit Gott ins neue Jahr zu starten.

Psalm 19,2–15 (GL 35)

Die Himmel rühmen die Herrlichkeit Gottes, *
vom Werk seiner Hände kündet das Firmament.
Ein Tag sagt es dem andern, *
eine Nacht tut es der andern kund,
ohne Worte und ohne Reden, *
unhörbar bleibt ihre Stimme.
Doch ihre Botschaft geht in die ganze Welt hinaus, *
ihre Kunde bis zu den Enden der Erde.
Dort hat er der Sonne ein Zelt gebaut. *
Sie tritt aus ihrem Gemach hervor wie ein Bräutigam; *

*sie frohlockt wie ein Held **
und läuft ihre Bahn.
Am einen Ende des Himmels geht sie auf
und läuft bis ans andere Ende; *
nichts kann sich vor ihrer Glut verbergen.
*Die Weisung des Herrn ist vollkommen, **
sie erquickt den Menschen.
Das Gesetz des Herrn ist verlässlich, *
den Unwissenden macht es weise.
*Die Befehle des Herrn sind richtig, **
sie erfreuen das Herz;
das Gebot des Herrn ist lauter, *
es erleuchtet die Augen.
*Die Furcht des Herrn ist rein, **
sie besteht für immer.
Die Urteile des Herrn sind wahr, *
gerecht sind sie alle.
*Sie sind kostbarer als Gold, als Feingold in Menge. **
Sie sind süßer als Honig, als Honig aus Waben.
Auch dein Knecht lässt sich von ihnen warnen; *
wer sie beachtet, hat reichen Lohn.
*Wer bemerkt seine eigenen Fehler? **
Sprich mich frei von Schuld, die mir nicht bewusst ist!
Behüte deinen Knecht auch vor vermessenen Menschen; *
sie sollen nicht über mich herrschen.
*Dann bin ich ohne Makel **
und rein von schwerer Schuld.
Die Worte meines Mundes mögen dir gefallen; was ich im Herzen erwäge, stehe dir vor Augen, *
Herr, mein Fels und mein Erlöser.

Psalm 121 (GL 67)

Ich hebe meine Augen auf zu den Bergen: *
Woher kommt mir Hilfe?
*Meine Hilfe kommt vom Herrn, **
der Himmel und Erde gemacht hat.
Er lässt deinen Fuß nicht wanken; *
er, der dich behütet, schläft nicht.
*Nein, der Hüter Israels **
schläft und schlummert nicht.
Der Herr ist dein Hüter, der Herr gibt dir Schatten; *
er steht dir zur Seite.
*Bei Tag wird dir die Sonne nicht schaden **
noch der Mond in der Nacht.
Der Herr behüte dich vor allem Bösen, *
er behüte dein Leben.
*Der Herr behüte dich, wenn du fortgehst und wiederkommst, **
von nun an bis in Ewigkeit.

Fastenzeit

Biblisch fasten

Nein, das ist ein Fasten, wie ich es liebe:
die Fesseln des Unrechts zu lösen,
die Stricke des Jochs zu entfernen,
die Versklavten freizulassen,
jedes Joch zu zerbrechen,
an die Hungrigen dein Brot auszuteilen,
die obdachlosen Armen ins Haus aufzunehmen,
wenn du einen Nackten siehst, ihn zu bekleiden
und dich deinen Verwandten nicht zu entziehen.
(Jesaja 58,6–7)

Wie fasten?

- sich über die guten Seiten eines anderen Gedanken machen
- sich über die eigenen guten Seiten Gedanken machen
- Zeit haben für andere (schreiben, besuchen, zuhören, ...)
- jemandem eine Freude machen, der nicht damit rechnet
- etwas Unangenehmes für andere tun
- nachdenken, welcher Verzicht mir am schwersten fällt
- Wovon bin ich bereits abhängig (Nikotin, Alkohol, Handy, Fernsehen, ...)?
- zufrieden sein mit dem, was ich habe
- Verzicht auf Ärger
- die hl. Messe besuchen (sonntags oder auch einmal unter der Woche)
- Zeit nehmen zum Beten
- in der Bibel lesen
- auf spezielle Nahrungsmittel verzichten

P. Herbert Salzl SDB

Ostern/Auferstehung

Bitten am Ostermorgen

Lass mich auferstehen aus meinen Ängsten,
damit ich frei leben kann.

Lass mich auferstehen aus meiner Schuld,
damit ich Vergebung erfahre.

Lass mich auferstehen aus meinen Grenzen,
damit ich nicht an mich gebunden bin.

Lass mich auferstehen aus meiner Sattheit,
damit ich meine Seele spüre.

Lass mich auferstehen aus meiner Blindheit,
damit ich die Not der Menschen sehe.

Lass mich auferstehen aus meiner Ruhelosigkeit,
damit ich Frieden finde.

Lass mich auferstehen aus Kälte,
damit ich Wärme und Güte verschenken kann.

Lass mich auferstehen aus meiner Enge,
damit ich selbstlos lieben kann.

Lass mich auferstehen aus dem Dunkel,
damit Licht mein Leben durchstrahlt.

Lass mich auferstehen aus Starrheit,
damit ich weit und offen werde für andere.

Lass mich auferstehen aus meiner Schwerfälligkeit,
damit ich staunen und danken kann.

Bitten am Ostermorgen
sprengen Mauern
durchbrechen Grenzen.
Auferstehen, aufbrechen, täglich …

Elisabeth Werner

Via Lucis – ein österlicher Stationsweg

Vorbereitung und Material: *Eine Bibel/ein Neues Testament für jede_n Teilnehmer_in, Osterkerze, ein Teelicht für jede_n Teilnehmer_in und Weihwasser für das abschließende Taufversprechen bereitstellen.*

Begrüßung und Kreuzzeichen

Lied

Jesus Christ, You are my life (GfY 538/GL 362)

Einführung ins Thema

Die „Via Lucis" kennt wie der Kreuzweg 14 Stationen, in denen meditierend, betend und singend der Weg mit dem Auferstandenen von Ostern bis Pfingsten betrachtet und mit dem heutigen Leben in Verbindung gebracht wird.

Im Idealfall macht man sich nach dem Beispiel der Emmausgeschichte auch im wörtlichen Sinne auf den Weg und ergeht die einzelnen Stationen (siehe auch das pilgernde Gebet „Lebensweg – Gott geht mit" in diesem Buch S. 61). Das Lesen aus der Bibel und die Schrift- und Bildbetrachtungen werden umrahmt von Liedern, Zeiten der Stille und Gebeten, evtl. auch von kleineren Aktionen.

1. Station: Die Auferstehung Jesu (Matthäus 28,1–7)
2. Station: Das leere Grab (Johannes 20,1–9)
3. Station: „Ich habe den Herrn gesehen" (Johannes 20,11–18)
4. Station: Auf dem Weg nach Emmaus (Lukas 24,13–19.25–27)
5. Station: Beim Brechen des Brotes (Lukas 24,28–35)
6. Station: Im Abendmahlsaal (Lukas 24,36–43)
7. Station: Übertragung der Lösevollmacht (Johannes 20,19–23)
8. Station: Mit Thomas (Johannes 20,24–29)
9. Station: Der wunderbare Fischfang (Johannes 21,1–9.13)
10. Station: Petrus, Haupt der Apostel (Johannes 21,15–17)
11. Station: Die universale Sendung der Apostel (Matthäus 28,16–20)
12. Station: Jesu Rückkehr zum Vater (Himmelfahrt) (Apostelgeschichte 1,6–11)

13. Station: Mit Maria in Erwartung des Hl. Geistes (Apostelgeschichte 1,12–14)
14. Station: Die Geistsendung (Pfingsten) (Apostelgeschichte 2,1–6)

Abschluss

Die „Via Lucis“ kann mit einer feierlichen Erneuerung des Taufversprechens schließen. Jeder bekommt ein Teelicht, das an der Osterkerze entzündet wird. Dies verweist auf die eigene Taufe und die Liturgie der Osternacht, in der wir uns daran erinnern, dass wir durch die Taufe in Tod und Auferstehung Jesu Christi hineingenommen sind.

V: Christus, das Licht der Welt, hat uns erleuchtet. Durch die Taufe sind wir zu Kindern des Lichtes geworden. *(Alle entzünden ihr Teelicht an der Osterkerze.)*
Bei unserer Taufe haben unsere Eltern und Paten den Glauben bekannt. Nun wollen wir den Glauben bekennen und leben.
Ihr seid in der Taufe Kinder Gottes geworden. Er liebt uns und sorgt für uns. – Glaubt ihr an Gott, den Vater, den Schöpfer der Welt?

A: Ich glaube.

V: Ihr seid in der Taufe Brüder und Schwestern Jesu Christi geworden. Er ist für uns gestorben und auferstanden von den Toten. – Glaubt ihr an Jesus Christus, den Sohn Gottes?

A: Ich glaube.

V: Ihr seid in der Taufe mit dem Heiligen Geist beschenkt worden. Er ist die Kraft Gottes, er stärkt uns im Glauben. – Glaubt ihr an den Heiligen Geist?

A: Ich glaube.

So lasst uns beten, wie Jesus es uns gelehrt hat:

Vaterunser

V: Liebe Schwestern und Brüder! Wir alle sind getauft. Daran erinnern wir uns jetzt, wenn wir uns abschließend mit dem Kreuz bezeichnen und als Gesegnete unsere Wege gehen dürfen. *(Alle treten einzeln zum Taufwassergefäß und bekreuzigen sich mit dem Weihwasser.)*

Lied

Meine Hoffnung und meine Freude (GfY 649/GL 365)

Weitere Anregungen unter www.iss.donbosco.at/Spiritualitaet/Via-Lucis

Pfingsten

Atme in mir, Heiliger Geist (GL 7/2)

Atme in mir, du Heiliger Geist, dass ich Heiliges denke.
Treibe mich, du Heiliger Geist, dass ich Heiliges tue.
Locke mich, du Heiliger Geist, dass ich Heiliges liebe.
Stärke mich, du Heiliger Geist, dass ich Heiliges hüte.
Hüte mich, du Heiliger Geist, dass ich das Heilige nimmer verliere.

Dem hl. Augustinus zugeschrieben

Gebet um die Gaben des Heiligen Geistes

Im Außergewöhnlichen sehen wir dich,
kraftvoller, mächtiger Heiliger Geist,
in Sturm und Feuer,
in Verwandlung und Aufbruch,
im Leben außergewöhnlicher Menschen.

Hilf uns, dich im Verborgenen zu finden,
stiller, beständiger Heiliger Geist.
Hilf uns, deine leisen Gaben zu entdecken
in unseren Mitmenschen und in uns selbst:
die Gabe, Frieden zu stiften,
die Fähigkeit, andere zu begeistern,
die Kunst, die Wahrheit auszusprechen,
das Talent, gut zuhören zu können,
die Kunst, Kompliziertes einfach zu sagen,
die Gabe, ein ruhender Pol zu sein,
die Fähigkeit, sich einzufühlen,
die Gabe der bergenden
Mütterlichkeit und Väterlichkeit,
die Gabe des kindlichen Staunens,
die Gabe des Humors.

Du bist die Quelle des Lebens
für jeden von uns.
Entfalte dein Wirken in uns,
das mächtige und das leise,
damit wir uns selbst entdecken.

Andreas Lerch

Weitere Gebete zum Heiligen Geist in diesem Buch: „Heiliger Geist – BeGEISTert sein" (Seite 27) und „Powered by spirit – Zum Abschluss der Firmvorbereitung" (Seite 75).

Christ_in sein im Alltag

Fragebogen zur Selbstreflexion

- Hast du schon einmal geschwiegen, obwohl du dich verteidigen wolltest, obwohl du ungerecht behandelt wurdest?
- Hast du schon einmal verziehen, obwohl du keinen Lohn dafür erhieltest und man dein schweigendes Verzeihen als selbstverständlich annahm?
- Hast du schon einmal etwas dahingegeben ohne Dank, ohne Anerkennung, selbst ohne das Gefühl einer inneren Befriedigung?
- Warst du schon einmal restlos einsam? Hast du dich schon einmal zu etwas entschieden, rein aus dem inneren Spruch deines Gewissens heraus? Du kannst es niemandem mehr sagen, niemandem klarmachen; wenn du weißt, dass du eine Entscheidung fällst, die dir niemand abnimmt, die du für immer zu verantworten hast?
- Hast du schon einmal versucht, zu lieben, wo keine Welle einer gefühlvollen Begeisterung dich trägt, wo alles ungreifbar und scheinbar sinnlos zu werden scheint?
- Hast du einmal deine Pflicht getan, wo man sie scheinbar nur tun kann mit dem Gefühl, sich selbst auszustreichen oder eine entsetzliche Dummheit zu tun, die einem niemand dankt?
- Warst du einmal gut zu einem Menschen, von dem kein Echo der Dankbarkeit und des Verständnisses zurückkam und du auch nicht durch das Gefühl belohnt wurdest, „selbstlos" oder „anständig" gewesen zu sein?
- Suche solche Erfahrungen in deinem Leben. Wenn du solche findest, hast du die Erfahrung des Geistes gemacht. Die Erfahrung, dass der Geist mehr ist als ein Stück dieser zeitlichen Welt. Die Erfahrung, dass der Sinn des Menschen nicht im Sinn und Glück dieser Welt aufgeht. Die Erfahrung eines Wagnisses, das eigentlich keine ausweisbare, dem Erfolg dieser Welt entnommene Begründung mehr hat.
- Wenn du die Erfahrung des Geistes machst, dann hast du, als Christ_in zumindest kannst du das glauben, faktisch auch schon die Erfahrung Gottes gemacht. Sehr anonym vielleicht. Sogar so, dass du dich dabei nicht umwenden kannst und auch nicht darfst, um Gott direkt in den Blick zu bekommen. Um etwa zu sagen: Da ist er, ich habe ihn.
- Man kann ihn nicht finden, um ihn triumphierend als sein Eigentum zu erklären. Man kann ihn nur finden, indem man sich vergisst. Man kann ihn nur finden, indem man sich dahingibt, ohne zu sich selbst zurückzukehren.
- Ein weiter Weg vielleicht – aber ein Weg!

Karl Rahner SJ

Eine Sache zwischen dir und Gott

Menschen sind oft unberechenbar, unlogisch und selbstzentriert.
Vergib ihnen einfach.
Wenn du freundlich bist, unterstellen sie dir egoistische Motive.
Sei weiter freundlich.
Wenn du erfolgreich bist, wirst du einige falsche Freunde und einige echte Feinde gewinnen.
Sei weiter erfolgreich.
Wenn du aufrichtig und ehrlich bist, wird man dich ausnützen.
Sei weiter ehrlich.
Was du in jahrelanger Arbeit aufgebaut hast, können Menschen über Nacht zerstören.
Bau weiter auf.
Wenn du glücklich und zufrieden bist, werden sich die Neider melden.
Trotzdem – sei glücklich.
Das Gute, das du heute tust, werden die Menschen morgen oft schon wieder vergessen haben.
Tu weiterhin Gutes.
Gib der Welt das Beste, was du hast – es wird nicht genug sein.
Trotzdem – gib weiter dein Bestes.
Du wirst sehen – schlussendlich ist alles eine Sache zwischen dir und Gott.
Nicht zwischen dir und Menschen.

Mutter Teresa von Kalkutta

Tischgebete

Tischgebet

Guter Gott,
durch deine Güte leben wir,
und was wir haben, kommt von dir.
Darum lass uns auch an andere denken,
von deinen Gaben weiterschenken. Amen.

Wind-Tischgebet

Alle Jugendlichen stehen auf den Stühlen/Bänken.
Gemeinsam wird der Spruch gesagt:

Guter Gott, lass deinen Segen über unser Essen fegen!

Nach dem Wort „fegen“ machen alle das Geräusch eines brausenden Windes und machen mit den Armen eine sanfte Wehbewegung.

Lied: Halleluja (GL 862)

Hallelu, Hallelu, Hallelu, Halleluja – lobet den Herrn!

Das „Hallelu/ja“ wird jeweils von den Männern gesungen, das „Lobet den Herrn“ von den Frauen. Die jeweiligen Sänger_innen stehen zum Singen auf, womit es ein sehr bewegtes Tischgebet wird.

Rhythmus-Gebet

Klopfen wie beim Lied „We will rock you“ und Gebet im Rhythmus sprechen:

„Für dich und für mich ist der Tisch gedeckt, hab Dank, lieber Gott, dass es uns gut schmeckt! Amen.“

Lied

Segne, Vater, diese Gaben (Kanon) (GfY 318/GL 88)
oder: I want to thank You (GfY 322)
oder: Segne Herr, was deine Hand (GL 707/2)

Reisegebete

Vor einer weiten Reise

Unser Gott, dem keine Wege fremd sind,
gehe mit uns in neues Land.
Er lasse unsere Reisewege sicher sein
und uns wohlbehalten heimkehren an den Ort,
von dem wir aufgebrochen sind.
Er lasse uns Freude finden
an den Werken Seiner Schöpfung
und Freude an dem jetzt noch Fremden.
Er schenke uns ein feines Gespür
und ein offenes Herz,
dass wir nicht nur die Sprache der Menschen verstehen,
sondern auch,
was sie bewegt und wovon sie träumen.
Er lasse sich finden auch dort,
wo Sein Name anders gesprochen wird
und die Nachricht von Ihm uns fremd erscheint.
So wird unser Herz sich weiten
und unser Glaube neue Bilder von Ihm entdecken.
Er lasse uns heil zurückkommen in unser Haus,
erfüllt von der Schönheit Seiner Welt,
erholt und erfreut für unseren Alltag.
Das gewähre uns der Gott,
der ausgezogen ist mit seinem Volk
in ein neues Land:
der Vater, der all das geschaffen hat,
der Sohn, der diese Erde geliebt hat,
und der Geist, der alles in Atem hält. Amen.

Nach Herbert Jung

Guter Gott!
Beschütze mich auf meiner Reise,
begleite mich bei meinen Erlebnissen,
sei bei mir, wenn ich neue Erfahrungen mache,
Gott komm mit auf meine Reise!
Amen.

Theresa Müller, Schülerin

Für unsere Reise
bitten wir dich um Offenheit
für die Kultur
für die Natur
für alles, was wir sehen
Für unsere Reise
bitten wir dich um eine starke Gemeinschaft
damit kein Streit ausbricht
damit wir gemeinsam Spaß haben
damit sich keiner alleine fühlt
Für unsere Reise
bitten wir dich ein Auge auf uns zu haben,
damit uns nichts passiert
damit keiner verloren geht
damit wir heil zurückkommen
Für unsere Reise
bitten wir dich,
dass es ein unvergessliches Erlebnis wird

Eva Schausberger, Schülerin

Gebete für den Schulalltag

Ich danke dir, Gott, dass ich nicht allein bin
auf dem Weg durch den Tag.
Du hast mir Menschen gegeben, die mich begleiten,
die mich verstehen, die mich lieben.
Mein Gott,
ich bitte dich für meine Familie, für meine Freundinnen
und Freunde und für meine ganze Klasse:
Sei du mit ihnen. Sei du mit uns.
Segne unser Gespräch, unser gemeinsames Leben.
Hilf uns teilen, was du uns schenkst und was du uns aufläd st.
Gib uns Geduld und Treue.
Amen.

P. Herbert Salzl SDB, Schulgebete. Don Bosco Gymnasium Unterwaltersdorf

Gott,
du Urbild des Menschen, jeder von uns ist ein absolutes Original,
keinen gibt es in diesem Universum ein zweites Mal.
Hilf uns,
einander in unserer Unterschiedlichkeit anzunehmen
und immer wieder das Gemeinsame zu entdecken,
damit das Zusammenleben in unserer Klassengemeinschaft
füreinander wertvoll wird und auch in Konflikten erträglich bleibt.
Amen.

Manfred Hanglberger

Guter Gott,
viele Gedanken werden heute in unserer Schule gedacht.
Zahlen werden addiert und dividiert,
Potenzen, Funktionen werden ermittelt,
unsichtbare Welten werden damit durchschritten.
Worte in deutscher, englischer, französischer oder
lateinischer Sprache werden bedacht.
Vorgänge im Mikro- und Makrokosmos werden
in der Physik beschrieben,
chemische Formeln erklären Zusammenhänge in der Natur.
Wie die Tiere sich verhalten
und wie die Menschen leben
nach Gewohnheiten und Gesetzen:
Das alles denkt man heute in der Schule.
Lass uns, o Gott,
in dieser Minute an dich denken,
den Anfang, die Mitte und das Ziel von allem.
Amen.

P. Herbert Salzl SDB

Prüfung

Oh mein Gott!
Wie soll ich nur diese Prüfung/Schularbeit schaffen?
Wird sie schwer werden?
Werde ich die Aufgaben lösen können?
Gleich geht's los – ich bin schon so nervös.
Bitte, Gott, steh mir bei!
Schenke mir Ruhe und Konzentration,
damit ich bei der Sache bleibe
und auch diese Herausforderung meistern kann.
Sende mir deinen Heiligen Geist der Weisheit.
Mit dir schaffe ich diese Prüfung/Schularbeit.
Amen.

Florian Mayrhofer

Ich rufe dich an,
denn du, Gott,
erhörst mich.
Wende dein Ohr
mir zu, vernimm
meine Rede!
Behüte mich wie
den Augapfel,
den Stern des
Auges, birg mich
im Schatten deiner
Flügel, auch jetzt,
bei dieser Prüfung/Schularbeit.
Du bist bei mir.

Nach Psalm 17,6.8

Freundschaft

Ein Freund ist einer, der erkennt, was wichtig und unwichtig ist, und der nicht vertröstet.

Das ist einer, der da ist, auch wenn man noch gar nicht gesagt hat, dass man ihn braucht.
Das ist einer, der hält, bevor man abstürzt, der Wege mitgeht, auch wenn man noch gar nicht weiß, dass man sie gehen muss.
Der einfach fragt und damit herausfordert, sodass man sich nicht verliert.
Der Lasten aushält und dabei nicht viele Worte macht, weil seine Berührung mehr sagt.
Den das Dunkel nicht erschreckt und der an das Licht erinnert.
Das ist einer, der einfach da ist – ohne Wenn und Aber und Erst dann und Gegebenenfalls und Vielleicht.

Andrea Schwarz, Bleib dem Leben auf der Spur

Doch
ich glaube an Engel

ich kann dir sogar
fünf oder sechs zeigen

Flügel
haben sie allerdings keine

Andrea Schwarz, Bunter Faden der Zärtlichkeit

Gebet für Verliebte

»Wo die Liebe regiert, dort herrscht auch das Glück.«

Don Bosco

Danke, Gott,
dass wir uns lieben,
dass wir miteinander so glücklich sein dürfen,
dass du uns zusammengeführt hast,
dass du uns einander zum Geschenk machtest.

Danke, Gott,
denn unsere Liebe kommt von dir,
denn du willst unser Glück,
denn du hilfst, dass unsere Liebe wächst,
denn du vollendest, was wir miteinander anfangen.

Erhalte unsere Liebe erfinderisch,
du schöpferischer Gott!

Katholisches Bistum der Alt-Katholiken in Deutschland

Sport und Spiel

Guter Gott, dein Sohn Jesus hat uns in den Seligpreisungen jene Menschen als Vorbild gegeben, die anders denken und handeln, als erwartet. So wollen auch wir im Geist der Bergpredigt beten:

- Selig, die verlieren können, ohne den Kopf zu verlieren;
- Selig, die das Siegenkönnen als Geschenk annehmen;
- Selig, die sich bei allen sportlichen Zwängen die Freiheit bewahren;
- Selig, die über sich hinauswachsen können;
- Selig, die anderen selbstlos helfen, Erfolge zu erringen;
- Selig, die sich sorgen um das Heil der Menschen, um ihr körperliches und seelisches Wohlbefinden;
- Selig, die das Spiel dieses Lebens gewinnen, weil sie mit Leib und Seele leben.

Hilf uns, dass auch wir einmal so seligzupreisen sind.
Darum bitten wir durch Christus, unseren Herrn. Amen.

P. Herbert Salzl SDB

Herausforderung und Krise

Der Herr
segne dich und behüte dich.
Der Herr
lasse sein Angesicht über dich leuchten
und sei dir gnädig.
Der Herr
wende sein Angesicht dir zu
und schenke dir Heil.

Numeri 6,24–26

Gott ist nicht nett,
Gott ist kein Onkel,
Gott ist ein Erdbeben.

Jüdische Überlieferung

Dunkles Gebet

Segne du uns
dunkler Gott
du
der sich geheimnisvoll
unserem Begreifen entzieht
der du dein Antlitz vor uns verbirgst
unsere Fragen mit Schweigen beantwortest

segne du uns
dunkler Gott
du
der du uns Zumutung und
Herausforderung bist
dessen Tun unergründlich bleibt
dessen Handeln sich unserem Begreifen entzieht

segne du uns
dunkler Gott
du
der du dich von uns abwendest
uns alleine lässt
uns leiden lässt
uns verwirrst und beunruhigst

segne uns
du dunkler Gott
du abwesender
schweigender
unfassbarer
harter
namenloser

segne du uns
dunkler Gott
damit wir den Mut haben
das Dunkel in uns wahrzunehmen
den eigenen Abgrund zu erspüren
der Nacht zu glauben
uns auf den Grund zu gehen

segne uns
dunkler Gott
indem du Einsamkeiten nicht nimmst
Sicherheiten erschütterst
Hoffnungen nicht erfüllst
Pläne durchkreuzt
Sehnsucht nicht stillst

Andrea Schwarz,
Wenn Chaos Ordnung ist

Streit und Versöhnung

»Ich will euch zeitlich und ewig glücklich sehen.« Don Bosco

Versöhnender Gott,
ich habe mit jemandem gestritten!
Wir haben uns gegenseitig wehgetan,
wir wollten uns nicht verstehen,
wir haben uns Sachen gesagt, die wir nicht so meinten.

Jetzt tut es mir leid,
aber um Entschuldigung bitten ist schwer.
Vor allem, wenn wir beide irgendwie recht haben.

Guter Gott,
gib du uns Kraft zum Versöhnen.
Mut, den ersten Schritt zu tun,
unseren Stolz zu überwinden,
dem_der anderen zu vergeben.
Heile du die Wunden, die wir uns zugefügt haben.
Zeig du, wie man trotz Streit einander wieder gern haben kann.

Denn du willst uns Menschen Frieden geben.
Amen.

Katharina Jordan

Enttäuschung und Trost

»Halte dich an Gott. Mache es wie der Vogel, der nicht aufhört, zu singen, auch wenn der Ast bricht. Denn er weiß, dass er Flügel hat.« Don Bosco

Gott, ich rufe zu dir!
Ich bin enttäuscht!
Enttäuscht von mir, enttäuscht von anderen,
enttäuscht von der Welt!
Ich habe das Gefühl, dass heute nichts funktioniert!
Überall Hass, überall Gewalt, überall Streit!
Und ich mittendrin.

Wieso klappt so vieles auf der Welt nicht?
Wieso gibt es Kriege und Gewalt?
Wieso schaffen wir es nicht mal im Kleinen, friedlich
miteinander zu leben?

Wo bist du, Herr?

In der Bibel sagst du:
Kommt alle zu mir, die ihr euch plagt und schwere Lasten zu tragen habt.
Ich werde euch Ruhe verschaffen (Matthäus 11,28).

Gott, heut will ich einfach zu dir kommen.
Mit meiner Enttäuschung und Trauer,
mit meiner Angst und in meiner Schwachheit.

Denn du bist es, der mir Ruhe geben kann,
der das Dunkel mit Licht erhellen kann.
Amen.

Katharina Jordan

Lieder

Kommt doch her zu mir (GfY 722)
Land der Ruhe (In deiner Gegenwart) (GfY 686)
Von guten Mächten (GL 897)
In dir allein (GL 709)

Gebet vor wichtigen Entscheidungen

Erleuchte mich

Der du Rat weißt,
erleuchte mich –
jetzt, wo ich entscheiden soll.

Der du die Wege kennst,
zeig sie mir –
jetzt, wo ich suche.

Der du mich liebst,
sei bei mir –
jetzt, wo ich nichts falsch machen darf.

Anton Rotzetter

Guter Gott,
ich stehe vor einer wichtigen Entscheidung.
Ich weiß: Ich kann mir nicht ein Leben lang
alle Türen offenhalten,
nur um keine Chance zu verpassen.

Ich habe lange überlegt
und sorgfältig geprüft
und nun bitte ich dich:

Begleite mich durch meine Entscheidung,
schenke mir Mut und Entschlossenheit,
damit ich frohen Herzens
mit deinem Segen
dazu „JA“ sagen kann.

Gib mir Kraft und Ausdauer,
meiner Entscheidung treu zu bleiben.
Gib mir Liebe und Freude im Herzen,
um zuversichtlich meinen Lebensweg zu gehen.
Amen.

P. Herbert Salzl SDB

Gebet vor Besprechungen

Herr, unser Gott, sende uns den Geist der Einsicht, der Wahrheit und des Friedens. Lass uns erkennen, was du von uns erwartest, und gib uns die Bereitschaft, in Wort und Tat zu erfüllen, was wir als deinen Auftrag erkannt haben. Darum bitten wir durch Christus, unsern Herrn.

Gebetbuch der Salesianer Don Boscos

Herr, du hast versprochen, mitten unter uns zu sein, wenn wir uns in deinem Namen versammeln. Schenke uns ein offenes und vertrauensvolles Herz, damit wir auf dich und aufeinander hören und fähig werden, die Wahrheit tiefer zu erkennen und in Liebe zu tun. Darum bitten wir durch Christus, unsern Herrn.

Gebetbuch der Salesianer Don Boscos

BETEN – IN DER GEMEINSCHAFT DER KIRCHE

Jesus ist da, wo wir uns in seinem Namen versammeln. Er selbst lädt immer wieder zum Gebet ein, und es gibt viele Gebete, die in der Tradition der Kirche gewachsen sind. Hinweise zum Ablauf der Eucharistiefeier, der Beichte und des Rosenkranzgebets mit Jugendlichen wollen als Leitfaden und zur persönlichen Vertiefung dienen.

Das Kreuzzeichen
auf meinem Körper
will mir sagen:

Gott braucht mich
mit Kopf
Herz
und Händen

Andrea Schwarz, Ich mag Gänseblümchen

Grundgebete

Vaterunser (mehrsprachig)

Vgl. Matthäus 6,9–13, Lukas 11,2b–4

Deutsch:
Vater unser im Himmel,
geheiligt werde dein Name.
Dein Reich komme.
Dein Wille geschehe,
wie im Himmel so auf Erden.
Unser tägliches Brot gib uns heute.
Und vergib uns unsere Schuld,
wie auch wir vergeben unsern Schuldigern.
Und führe uns nicht in Versuchung,
sondern erlöse uns von dem Bösen.
Amen.

Französisch:
Notre Père, qui es aux cieux,
que ton nom soit sanctifié,
que ton règne vienne,
que ta volonté soit faite
sur la terre comme au ciel.
Donne-nous aujourd'hui notre pain de ce jour.
Pardonne-nous nos offenses,
comme nous pardonnons aussi
à ceux qui nous ont offensés.
Et ne nous soumets pas à la tentation,
mais délivre-nous du mal.
Amen.

Englisch:
Our Father, who art in heaven,
hallowed be thy name;
Thy kingdom come;
Thy will be done on earth
as it is in heaven.
Give us this day our daily bread;
and forgive us our trespasses
as we forgive those who trespass
against us;
and lead us not into temptation,
but deliver us from evil.
Amen.

Lateinisch:
Pater noster, qui es in caelis:
sanctificetur nomen tuum;
adveniat regnum tuum;
fiat voluntas tua,
sicut in caelo et in terra.
Panem nostrum cotidianum
da nobis hodie;
et dimitte nobis debita nostra,
sicut et nos dimittimus debitoribus
nostris; et ne nos inducas in
tentationem; sed libera nos a malo.
Amen.

Italienisch:
Padre nostro, che sei nei cieli,
sia santificato il tuo nome,
venga il tuo regno,
sia fatta la tua volontà,
come in cielo così in terra.
Dacci oggi il nostro pane
quotidiano, e rimetti a noi
i nostri debiti come noi li rimettiamo
ai nostri debitori,
e non ci indurre in tentazione,
ma liberaci dal male.
Amen.

Spanisch:
Padre nuestro, que estás en el cielo,
santificado sea tu nombre;
venga a nosotros tu reino;
hágase tu voluntad
en la tierra como en el cielo.
Danos hoy nuestro pan de cada día;
perdona nuestras ofensas,
como también nosotros perdonamos
a los que nos ofenden;
no nos dejes caer en la tentación,
y líbranos del mal.
Amén.

Slowenisch:
Oče nas, ki si v nebesih,
posvečeno bodi tvoje ime,
pridi k nam tvoje kraljestvo,
zgodi se tvoja volja
kakor v nebesih tako na zemlji.
Daj nam danes naš vsakdanji kruh
in odpusti nam naše dolge,
kakor tudi mi odpuščamo svojim dolžnikom,
in ne vpelji nas v skušnjavo,
temveč reši nas hudega.
Amen.

Gegrüßet seist du, Maria (mehrsprachig)

Vgl. Lukas 1,28b.42b

Deutsch:
Gegrüßet seist du, Maria,
voll der Gnade,
der Herr ist mit dir,
du bist gebenedeit unter den Frauen,
und gebenedeit ist die Frucht deines Leibes, Jesus.
Heilige Maria, Mutter Gottes,
bitte für uns Sünder
jetzt und in der Stunde unseres Todes.
Amen.

Englisch:
Hail Mary, full of grace,
the Lord is with you.
Blessed are you amongst women,
and blessed is the fruit of your womb, Jesus.
Holy Mary, Mother of God,
pray for us sinners,
now and at the hour of our death.
Amen.

Französisch:
Je vous salue, Marie pleine de grâce;
le Seigneur est avec vous.
Vous êtes bénie entre toutes les femmes.
Et Jésus, le fruit de vos entrailles, est béni.
Sainte Marie, Mère de Dieu,
priez pour nous pauvres pécheurs,
maintenant et à l'heure de notre mort.
Amen.

Italienisch:
Ave, o Maria, piena di grazia,
il Signore è con te.
Tu sei benedetta fra le donne
e benedetto è il frutto del tuo seno, Gesù.
Santa Maria, Madre di Dio,
prega per noi peccatori,
adesso e nell'ora della nostra morte.
Amen.

Lateinisch:
Ave Maria, gratia plena,
Dominus tecum,
benedicta tu in mulieribus,
et benedictus fructus ventris tui Jesus.
Sancta Maria mater Dei,
ora pro nobis peccatoribus, nunc,
et in hora mortis nostrae.
Amen.

Spanisch:
Dios te salve María, llena eres de gracia,
el Señor es contigo.
Bendita tú eres entre todas las mujeres,
y bendito es el fruto de tu vientre Jesús.
Santa María, madre de Dios,
ruega por nosotros pecadores,
ahora y en la hora de nuestra muerte.
Amén.

Slowenisch:
Zdrava Marija, milosti polna,
Gospod je s teboj,
blagoslovljena si med ženami
in blagoslovljen je sad tvojega telesa, Jezus. Sveta Marija, Mati božja,
prosi za nas grešnike zdaj
in ob naši smrtni uri.
Amen.

Das apostolische Glaubensbekenntnis

Der Ursprung des apostolischen Glaubensbekenntnisses ist in der frühchristlichen Tauffeier der Kirche von Rom zu finden. Es bietet eine knappe Zusammenfassung des christlichen Glaubens. Entsprechend der Taufformel „[...] auf den Namen des Vaters und des Sohnes und des Heiligen Geistes" (Matthäus 28,19), die schon im Neuen Testament bezeugt ist, ist der Text dreigliedrig aufgebaut. „Apostolisch" wird es genannt, weil es die Verkündigung der Apostel (wie auch im Neuen Testament bezeugt) verlässlich widerspiegelt.

Ich glaube an **Gott, den Vater,**
den Allmächtigen,
den Schöpfer des Himmels und der Erde,

und an **Jesus Christus,**
seinen eingeborenen Sohn, unsern Herrn,
empfangen durch den Heiligen Geist,
geboren von der Jungfrau Maria,
gelitten unter Pontius Pilatus,
gekreuzigt, gestorben und begraben,
hinabgestiegen in das Reich des Todes,
am dritten Tage auferstanden von den Toten,
aufgefahren in den Himmel;
er sitzt zur Rechten Gottes, des allmächtigen Vaters;
von dort wird er kommen,
zu richten die Lebenden und die Toten.

Ich glaube an den **Heiligen Geist,**
die heilige katholische Kirche,
Gemeinschaft der Heiligen,
Vergebung der Sünden,
Auferstehung der Toten
und das ewige Leben.
Amen.

Apostles Creed

I believe in **God, the Father** almighty,
Creator of heaven and earth,

and in **Jesus Christ**, his only Son, our Lord,
who was conceived by the Holy Spirit,
born of the Virgin Mary,
suffered under Pontius Pilate,
was crucified, died and was buried;
he descended into hell;
on the third day he rose again from the dead;
he ascended into heaven,
and is seated at the right hand of God the Father almighty;
from there he will come to judge the living and the dead.

I believe in the **Holy Spirit**,
the holy catholic Church,
the communion of saints,
the forgiveness of sins,
the resurrection of the body,
and life everlasting.
Amen.

Die Feier der heiligen Messe

Verwendete Abkürzungen: A – Alle, D – Diakon, K – Kommunikant, KS – Kommunionspender_in, L – Lektor_in, P – Priester, V – Vorbeter_in

1 ERÖFFNUNG

Liturgische Begrüßung

P: Im Namen des Vaters und des Sohnes und des Heiligen Geistes.
A: Amen.
P: Der Herr sei mit euch.
A: Und mit deinem Geiste.

Besinnung und Schuldbekenntnis

P: Wir sprechen das Schuldbekenntnis:

A: Ich bekenne Gott, dem Allmächtigen,
und allen Brüdern und Schwestern,
dass ich Gutes unterlassen und Böses getan habe.
Ich habe gesündigt in Gedanken, Worten und Werken
durch meine Schuld, durch meine Schuld,

The order of the mass

Verwendete Abkürzungen: A – All, C – Communicant, CM – Communion Minister, D – Deacon, L – Lector, P – Priest

1 INTRODUCTORY RITES

Liturgical Greeting

P: In the name of the Father, and of the Son, and of the Holy Spirit.
A: Amen.
P: The Lord be with you.
A: And with your spirit.

Penitential Act

P: Brothers and sisters, let us acknowledge our sins, and so prepare ourselves to celebrate the sacred mysteries.
A: I confess to almighty God
and to you, my brothers and sisters,
that I have greatly sinned,
in my thoughts and in my words,
in what I have done and in what I have failed to do,

durch meine große Schuld.
Darum bitte ich die selige Jungfrau Maria,
alle Engel und Heiligen
und euch, Brüder und Schwestern,
für mich zu beten bei Gott, unserem Herrn.

P: Der allmächtige Gott erbarme sich unser.
Er lasse uns die Sünden nach und führe uns zum ewigen Leben.

A: Amen.

Kyrie – Herr erbarme dich

P/A: Herr, erbarme dich.
P/A: Christus, erbarme dich.
P/A: Herr, erbarme dich.

oder:

P: Erbarme dich, Herr, unser Gott, erbarme dich.
A: Denn wir haben vor dir gesündigt.
P: Erweise, Herr, uns deine Huld.
A: Und schenke uns dein Heil.
P: Nachlass, Vergebung und Verzeihung unserer Sünden gewähre uns der allmächtige und barmherzige Herr.
A: Amen.

through my fault, through my fault,
through my most grievous fault;
therefore I ask blessed Mary ever-Virgin,
all the Angels and Saints,
and you, my brothers and sisters,
to pray for me to the Lord our God.

P: May almighty God have mercy on us,
forgive us our sins, and bring us to everlasting life.

A: Amen.

Kyrie

P/A: Lord, have mercy.
P/A: Christ, have mercy.
P/A: Lord, have mercy.

or:

P: Lord, we have sinned against you: Lord have mercy.
A: Lord, have mercy.
P: Lord, show us your mercy and love.
A: And grant us your salvation.
P: May almighty God have mercy on us, forgive us our sins, and bring us to everlasting life.
A: Amen.

Gloria – Ehre sei Gott

Vgl. Lukas 2,14
Ehre sei Gott in der Höhe
und Friede auf Erden den Menschen seiner Gnade.
Wir loben dich, wir preisen dich, wir beten dich an, wir rühmen dich und danken dir, denn groß ist deine Herrlichkeit:
Herr und Gott, König des Himmels,
Gott und Vater, Herrscher über das All,
Herr, eingeborener Sohn, Jesus Christus.
Herr und Gott, Lamm Gottes, Sohn des Vaters,
Du nimmst hinweg die Sünde der Welt: Erbarme dich unser.
Du nimmst hinweg die Sünde der Welt: Nimm an unser Gebet.
Du sitzest zur Rechten des Vaters: Erbarme dich unser.
Denn du allein bist der Heilige, du allein der Herr,
du allein der Höchste,
Jesus Christus, mit dem Heiligen Geist, zur Ehre Gottes des Vaters.
Amen.

Tagesgebet

Gloria

Glory to God in the highest,
and on earth peace to people of good will.
We praise you, we bless you, we adore you, we glorify you,
we give you thanks for your great glory,
Lord God, heavenly King, O God, almighty Father.
Lord Jesus Christ, Only Begotten Son,
Lord God, Lamb of God, Son of the Father,
you take away the sins of the world, have mercy on us;
you take away the sins of the world, receive our prayer;
you are seated at the right hand of the Father, have mercy on us.
For you alone are the Holy One, you alone are the Lord,
you alone are the Most High,
Jesus Christ, with the Holy Spirit,
in the glory of God the Father.
Amen.

Collect

2 WORTGOTTESDIENST

Nach jeder Lesung

L: Wort des lebendigen Gottes.
A: Dank sei Gott.

Zum Evangelium

P/D: Der Herr sei mit euch.
A: Und mit deinem Geiste.
P/D: Aus dem heiligen Evangelium nach Matthäus/Markus/Lukas/Johannes.
A: Ehre sei dir, o Herr. *(kleines Kreuzzeichen auf Stirn, Mund und Brust zeichnen)*

Nach dem Evangelium

P/D: Evangelium unseres Herrn Jesus Christus.
A: Lob sei dir, Christus.

Predigt

Credo – Glaubensbekenntnis

Fürbitten

A: Wir bitten dich, erhöre uns.

2 LITURGY OF THE WORD

After a reading

L: The Word of the Lord.
A: Thanks be to God!

Before the Gospel Proclamation:

P/D: The Lord be with you.
A: And with your spirit.
P/D: A reading from the Holy Gospel according to *Matthew/Mark/Luke/John*.
A: Glory to you, O Lord! (make a sign of the cross on forehead, lips and chest)

After the Gospel Proclamation:

D/P: The Gospel of the Lord.
A: Praise to you, Lord Jesus Christ!

Homily

Apostles Creed

Universal Prayer

L: Let us pray to the Lord. *A*: Lord, hear our prayer.

3 EUCHARISTIEFEIER

Als mögliche Einladung zum Gabengebet

P: Betet, Brüder und Schwestern, dass mein und euer Opfer Gott, dem allmächtigen Vater, gefalle.

A: Der Herr nehme das Opfer an aus deinen Händen zum Lob und Ruhm seines Namens, zum Segen für uns und seine ganze heilige Kirche.

Gabengebet

Beginn des eucharistischen Hochgebets

P: Der Herr sei mit euch.
A: Und mit deinem Geiste.
P: Erhebet die Herzen.
A: Wir haben sie beim Herrn.
P: Lasset uns danken dem Herrn, unserm Gott.
A: Das ist würdig und recht.

3 LITURGY OF THE EUCHARIST

Presentation and preparation of the gifts

P: Pray, brothers and sisters, that my sacrifice and yours may be acceptable to God, the almighty Father.

A: May the Lord accept the sacrifice at your hands, for the praise and glory of his name, for our good, and the good of all his holy Church.

Eucharistic Prayer

Preface Dialogue

P: The Lord be with you.
A: And with your spirit.
P: Lift up your hearts.
A: We lift them up to the Lord.
P: Let us give thanks to the Lord, our God.
A: It is right and just.

Sanctus – Heilig

Vgl. Jesaja 6,3b; Psalm 118,26a; Matthäus 21,9b
Heilig, heilig, heilig Gott, Herr aller Mächte und Gewalten.
Erfüllt sind Himmel und Erde von deiner Herrlichkeit.
Hosanna in der Höhe.
Hochgelobt sei, der da kommt im Namen des Herrn.
Hosanna in der Höhe.

Nach der Wandlung

P/D: Geheimnis des Glaubens:
A: Deinen Tod, o Herr, verkünden wir
und deine Auferstehung preisen wir,
bis du kommst in Herrlichkeit.

Vaterunser

Friedensgebet und Friedensgruß

P: Der Friede des Herrn sei alle Zeit mit euch.
A: Und mit deinem Geiste.
P/D: Gebt einander ein Zeichen des Friedens und der Versöhnung.

Sanctus

Holy, holy, holy Lord God of hosts,
Heaven and earth are full of your glory.
Hosanna in the highest.
Blessed is he who comes in the name of the Lord.
Hosanna in the highest.

Mystery of Faith

P: The mystery of faith:
A: We proclaim your death, O Lord,
and profess your resurrection
until you come again.

Lord's Prayer

Sign of Peace

P: The Peace of the Lord be with you always.
A: And with your spirit.
P/D: Let us offer each other a sign of peace.

Agnus Dei (Lamm Gottes)

Lamm Gottes, du nimmst hinweg die Sünde der Welt:
Erbarme dich unser.
Lamm Gottes, du nimmst hinweg die Sünde der Welt:
Erbarme dich unser.
Lamm Gottes, du nimmst hinweg die Sünde der Welt:
Gib uns deinen Frieden.

P: Seht das Lamm Gottes, das hinwegnimmt die Sünde der Welt.

A: Herr, ich bin nicht würdig, dass du eingehst unter mein Dach, aber sprich nur ein Wort, so wird meine Seele gesund.

Zur Kommunion

KS: Der Leib Christi.
K: Amen.
KS: Das Blut Christi.
K: Amen.

Schlussgebet

Fraction of the Bread

A: Lamb of God, you take away the sins of the world:
have mercy on us.
Lamb of God, you take away the sins of the world:
have mercy on us.
Lamb of God, you take away the sins of the world: grant us peace.

P: Behold the Lamb of God, behold him who takes away the sins of the world. Blessed are those called to the supper of the Lamb.

A: Lord, I am not worthy that you should enter under my roof, but only say the word and my soul shall be healed.

Communion

CM: The body of Christ.
C: Amen.
CM: The blood of Christ.
C: Amen.

Prayer after Communion

4 ENTLASSUNG

Segen und Entlassung

P: Der Herr sei mit euch.

A: Und mit deinem Geiste.

P: Es segne euch der allmächtige Gott,
der Vater und der Sohn und der Heilige Geist.

A: Amen.

P/D: Gehet hin in Frieden.

A: Dank sei Gott, dem Herrn.

4 CONCLUDING RITES

Final Blessing – Dismissal

P: The Lord be with you.

A: And with your spirit.

P: May almighty God bless you,
the Father, and the Son, and the Holy Spirit.

A: Amen.

P/D: Go forth, the mass is ended.
or: Go in peace.

A: Thanks be to God!

Die Feier der Versöhnung

»Man erreicht mehr mit einem freundlichen Blick, mit einem Wort der Ermunterung, das Vertrauen einflößt, als mit vielen Vorwürfen.« Don Bosco

Wenn man sich auf das Sakrament der Versöhnung vorbereitet, steht nicht zuerst das Sündenbekenntnis im Vordergrund. Der Ausgangspunkt ist die Liebesbeziehung Gottes zu uns Menschen. Gott liebt jede_n Einzelne_n auf eine ganz besondere Weise mit allen Stärken und Schwächen. Wenn wir uns ganz auf die Liebesbeziehung zu Gott und damit auch zu unseren Mitmenschen einlassen, werden wir durch den Blick der Liebe auch Bereiche entdecken, die nicht heil sind, wo wir es nicht schaffen, so zu lieben, wie wir es gerne würden, und wo wir selbst an uns Verletzungen und Kränkungen entdecken. Die Beichte ist eine Möglichkeit, genau auf diese Situationen und Bereiche in unserem Leben hinzuschauen, denn das sind Bereiche, in denen wir noch dazulernen wollen, in denen wir auch Gottes Liebe und Heilung brauchen, um seine Vergebung annehmen und anderen vergeben zu können. Don Bosco hat gesagt: „Die stärksten Hilfsmittel auf dem Weg zum Himmel sind Beichte und Kommunion."

Vorbereitung und Material: *Buntes Papier (DIN A6), Stifte, Nägel, Hammer, großes Holzkreuz, auf das Papierstreifen genagelt werden können, und Papierblumen werden benötigt.*

Begrüßung und Kreuzzeichen

Lied

Du hast Erbarmen (GfY 582)
oder: Meine engen Grenzen (GL 437)

Einleitung

Wenn wir unser Leben betrachten, merken wir an vielen Stellen, dass es nicht heil ist. Es kommen Erinnerungen an Momente und Situationen, in denen wir verletzt wurden, an die zu denken wehtut, in denen wir Angst oder Scham spürten, in denen wir jemanden verletzt haben oder in denen wir mit unseren Schwächen konfrontiert wurden. Doch genau in diesen Momenten ist Gott bei uns. Auch diese Erlebnisse will Gott mit uns anschauen und sie nicht ausklammern. Nehmen wir uns Zeit, auf unsere Zerbrechlichkeit und Unvollkommenheiten zu schauen, aber uns von Gott auch zusagen zu lassen: „Ich mag dich, wie du bist."

Evangelium: Matthäus 9,9–12

Als Jesus weiterging, sah er einen Mann namens Matthäus am Zoll sitzen und sagte zu ihm: Folge mir nach! Da stand Matthäus auf und folgte ihm.
Und als Jesus in seinem Haus beim Essen war, kamen viele Zöllner und Sünder und aßen zusammen mit ihm und seinen Jüngern.
Als die Pharisäer das sahen, sagten sie zu seinen Jüngern: Wie kann euer Meister zusammen mit Zöllnern und Sündern essen?
Er hörte es und sagte: Nicht die Gesunden brauchen den Arzt, sondern die Kranken.

Aktion

Jede_r kennt ihre_seine Fähigkeiten, aber auch die eigenen Schwächen, Verletzungen und Fehler. Es ist jetzt Zeit, das, was man an sich selbst als unvollkommen und verletzt sieht, aufzuschreiben. Jede_r bekommt ein kleines Stück Papier. Dieses soll, sobald es beschrieben ist, zusammengefaltet und auf ein großes Holzkreuz genagelt werden.

Möglichkeit zur Beichte und Aussprache

Sofern es möglich ist, kann an dieser Stelle Zeit zur Beichte und Aussprache folgen. Im Hintergrund soll Musik gespielt werden bzw. Lieder zum Thema Versöhnung, Anbetung, ... gesungen werden.

Impulse für eine Beichtvorbereitung

findest du im Gotteslob (GL 599)

Ablauf einer Beichte

Du kannst die Beichte so beginnen:
„Im Namen des Vaters ..."
„Meine letzte Beichte war ..."
„Ich bekenne vor Gott meine Sünden ..."
„Ich habe mir besonders vorgenommen, dass ich ..."

Die Beichte endet so:
„Ich bereue meine Sünden und bitte Gott um Vergebung."
Worte des Priesters
Lossprechung: „So spreche ich dich los von deinen Sünden – im Namen des Vaters und des Sohnes und des Heiligen Geistes. Amen."

Noch ein wichtiger Hinweis für dich: Hast du Schwierigkeiten, dein Bekenntnis abzulegen, so hab keine Angst; sag es dem Beichtpriester, er hilft dir weiter.

Dankgebet nach der Beichte:

Nun hat dir der Priester im Namen Christi und der Kirche deine Sünden vergeben. Danke Gott von Herzen für dieses große Geschenk, das dir einen neuen Anfang ermöglicht.

Abschlussaktion

Jede_r bekommt eine gefaltete Papierblume. Während jede_r die eigene Blume ans Kreuz über den vorigen Zettel hängt, wird der Psalm vorgelesen oder ein Lied gesungen.

Lied

Wo ich auch stehe (GfY 387)
oder: Confitemini domino (GL 618/2)

oder Bibelstelle: Psalm 139 (GL 657/1–2)

Segen

So segne uns der uns liebende und verzeihende Gott,
der Vater und der Sohn und der Heilige Geist. Amen.

Lied

Wo Menschen sich vergessen (GfY 575)
oder: Bewahre uns, Gott (GL 453)

Rosenkranz beten mit Jugendlichen

Vorbereitung und Material: *Ein Bild von Maria aufstellen (je nach Thema des Rosenkranzes eines mit dem Jesuskind, eines als junge Frau oder eines beim Kreuz). Evtl. einen Rosenkranz für alle Jugendlichen und je nach Gestaltung weiteres Material bereitlegen.*

Einleitung

Der Rosenkranz ist eine bewährte christliche Gebets- und Meditationsform und nimmt uns mit in die Betrachtung des Lebens Jesu und seiner Heilstaten. Von Don Bosco kennen wir den Satz: „Das Gebet erwirkt alles, was wir mit unseren Kräften nicht erreichen können." Er setzte sein volles Vertrauen in Maria, seine himmlische Lehrmeisterin. So können auch wir uns, wie Don Bosco, in unserem Beten an die Gottesmutter wenden und ihre Hilfe und ihren Schutz erbitten.

Persönliche Erfahrung mit dem Rosenkranzgebet

„Der Rosenkranz wirkt meditativ und beruhigend auf mich. Wenn ich den Rosenkranz bete, bringe ich mich selbst mit meinen momentanen Sorgen und Wünschen ein und ersetze die ‚Geheimnisse' durch meine eigenen Anliegen. Nach jedem Ave Maria bete ich dann zum Beispiel zehnmal ‚Lieber Gott, beschütze meine Oma, die gestern gestürzt ist und nun im Krankenhaus liegt' oder ‚Heiliger Geist, gib mir die richtigen Worte für das morgige Gespräch mit meinem Freund'. Die insgesamt fünf Wünsche, die ich an Gott richte, kommen oft ganz spontan erst im Beten. Manchmal gehe ich auch mit dem Rosenkranz spazieren und bete im Gehen."

Irene Stütz

Rosenkranzgebet – Anregungen zur Gestaltung

- Anstatt einen ganzen Rosenkranz zu beten, nur zwei bis drei Gesätze auswählen und die jeweilige Bibelstelle dazu lesen und darüber nachdenken.
- Vor jedem Ave Maria wird eine Kerze für eine Person angezündet, für die man besonders bitten möchte.
- Das *Gegrüßet seist du, Maria* und das *Vaterunser* können gesungen werden.
- Zu den jeweiligen Gesätzen Bilder via Beamer auf eine Leinwand projizieren, so wird das Betrachten der jeweiligen Bibelstelle vertieft.
- Vor dem Gebet kann jede_r einen eigenen Rosenkranz aus bunten Perlen selbst herstellen *(wenn Material vorhanden ist, dauert das ca. eine halbe Stunde)*.
- Das Gebet mit dem Alltag der Jugendlichen verknüpfen: Anstatt der üblichen Gesätze können eigene Worte gefunden werden, z. B. „Gegrüßet seist du, Maria, voll der Gnade. Der Herr ist mit dir. Du bist gebenedeit unter den Frauen und gebenedeit ist die Frucht deines Leibes, Jesus, ... der alle Menschen in ihrem Leben begleitet. Heilige Maria ...!" Andere Vorschläge sind z. B.: „... Jesus, der mein Freund sein will" oder „... Jesus, der das Leben auf der Erde kennt."

Liedvorschläge

Maria, in dir war Schweigen (GfY 476)
Gegrüßet seist du, Maria (Reischl) (GfY 477)
Gegrüßet seist du, Maria (Osanger) (GfY 484)
Ave Maria, du bist voll der Gnade (GfY 483)
Vaterunser (GfY 180–186)
Magnificat (GL 390)

Der Rosenkranz

1. *Beginnend beim Kreuz:* Kreuzzeichen und Glaubensbekenntnis

2. *Erste Perle nach dem Kreuz:* Vaterunser

3. *Drei Perlen:* Drei Ave Maria mit den drei göttlichen Tugenden: Glaube, Hoffnung und Liebe.
   1., 2., 3. Perle:
   „Gegrüßet seist du Maria, voll der Gnade. Der Herr ist mit dir. Du bist gebenedeit unter den Frauen und gebenedeit ist die Frucht deines Leibes, Jesus, ...“

   ›› einzufügende Bitte:

   - Im 1. Ave Maria: *„ ... der in uns den Glauben vermehre.“*
   - Im 2. Ave Maria: *„ ... der in uns die Hoffnung stärke.“*
   - Im 3. Ave Maria: *„ ... der in uns die Liebe entzünde.“*

   „Heilige Maria, Mutter Gottes, bitte für uns Sünder, jetzt und in der Stunde unseres Todes.“

4. *Letzte Perle vor dem Kreis:*
   „Ehre sei dem Vater und dem Sohn und dem Heiligen Geist, wie im Anfang, so auch jetzt und alle Zeit und in Ewigkeit. Amen.“

5. *Perlen im Kreis:* fünf Gesätze mit je einem Vaterunser, zehn Ave Maria und einem Ehre sei dem Vater.
   Beginn des ersten Gesätzes (große Perle):
   ›› Vaterunser.
   ›› Nächste zehn Perlen: zehn Ave Maria; in jedem Ave Maria das entsprechende Geheimnis einfügen:

   „Gegrüßet seist du, Maria, voll der Gnade. Der Herr ist mit dir. Du bist gebenedeit unter den Frauen, und gebenedeit ist die Frucht deines Leibes, Jesus, ...“

   ›› Füge das Geheimnis ein, z. B.: *„den du, o Jungfrau, vom Heiligen Geist empfangen hast.“*

   „... Heilige Maria Mutter Gottes, bitte für uns Sünder, jetzt und in der Stunde unseres Todes.“

Ein Rosenkranz ist eingeteilt in fünf Gesätze, so besteht ein Abschnitt aus einem *Vaterunser* und zehn *Ave Maria*. Abschließend kommt dann noch jeweils das *Ehre sei dem Vater*.
Bei jedem *Ave Maria* wird immer nach dem Wort „Jesus“ ein Geheimnis der Erlösung eingefügt und dann das *Heilige Maria, Mutter Gottes* gebetet. Jedes Gesätz besitzt ein anderes Geheimnis. Fünf Geheimnisse bilden die Betrachtungsthemen eines Rosenkranzes.

Die am meisten gebräuchlichen Betrachtungsthemen sind:

Freudenreicher Rosenkranz: Hier wird das Geheimnis der Menschwerdung Christi betrachtet.

1| Den du, o Jungfrau, vom Heiligen Geist empfangen hast (Lukas 1,26–38)
2| Den du, o Jungfrau, zu Elisabeth getragen hast (Lukas 1,39–56)
3| Den du, o Jungfrau, geboren hast (Lukas 2,1–20)
4| Den du, o Jungfrau, im Tempel aufgeopfert hast (Lukas 2,21–40)
5| Den du, o Jungfrau, im Tempel wiedergefunden hast (Lukas 2,41–52)

Lichtreicher Rosenkranz: Hier wird das öffentliche Leben Jesu betrachtet.

1| Der von Johannes getauft worden ist (Matthäus 3,13–17)
2| Der sich auf der Hochzeit in Kana offenbart hat (Johannes 2,1–11)
3| Der uns das Reich Gottes verkündet hat (Markus 1,14–15)
4| Der auf dem Berg verklärt worden ist (Markus 17,1–9)
5| Der uns die Eucharistie geschenkt hat (Markus 14,22–25)

Schmerzhafter Rosenkranz: Hier wird das Leiden Christi betrachtet.

1| Der für uns Blut geschwitzt hat (Lukas 22,39–46)
2| Der für uns gegeißelt worden ist (Markus 15,1–15)
3| Der für uns mit Dornen gekrönt worden ist (Markus 15,16–20a)
4| Der für uns das schwere Kreuz getragen hat (Markus 15,20b–21)
5| Der für uns gekreuzigt worden ist (Markus 15,22–26)

Glorreicher Rosenkranz: Hier wird der Sieg Christi (Ostern, Pfingsten) betrachtet.

1| Der von den Toten auferstanden ist (Matthäus 28,1–8)
2| Der in den Himmel aufgefahren ist (Apostelgeschichte 1,9–11)
3| Der uns den Heiligen Geist gesandt hat (Apostelgeschichte 1,4–8)
4| Der dich, o Jungfrau, in den Himmel aufgenommen hat
5| Der dich, o Jungfrau, im Himmel gekrönt hat

In der Tradition der Kirche hat sich etabliert, dass an bestimmten Tagen der Woche jeweils ein Betrachtungsthema beim Rosenkranz vorkommt. Auf diese Weise wird innerhalb einer Woche das Leben Jesu in all seinen Facetten beim Gebet betrachtet und meditiert.

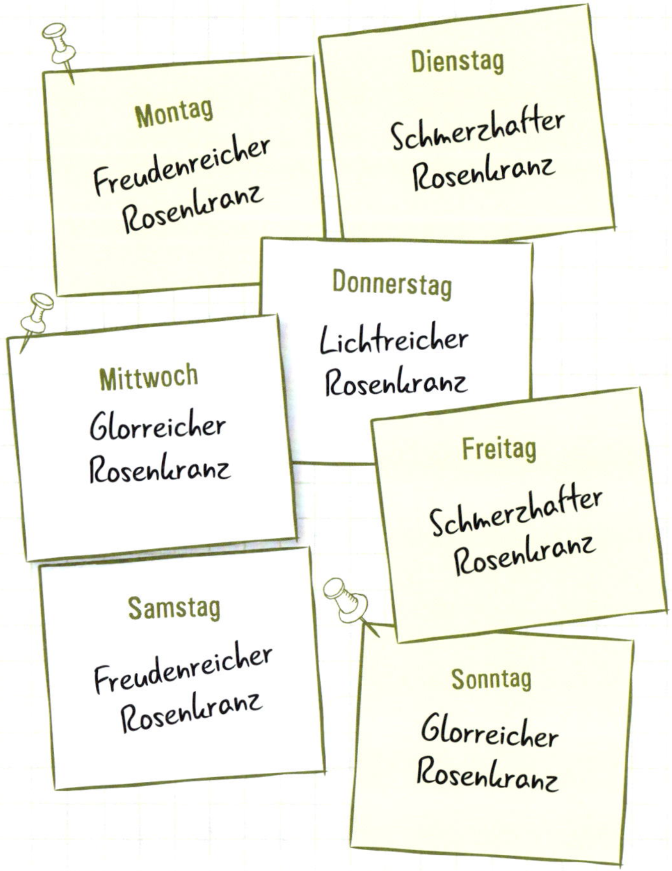

AUTOR_INNEN

Katharina Jordan ist Pastoralassistentin und arbeitet als Fachreferentin der salesianischen Jugendbewegung Österreich. Sie hat Don Bosco als Jugendliche in einer Pfarre der Salesianer Don Boscos kennengelernt und engagiert sich seitdem in der salesianischen Jugendbewegung. Sie war als Volontärin für ein Jahr mit „Jugend Eine Welt" in einem Don Bosco Projekt in Indien.

P. Herbert Salzl SDB studierte Philosophie, Sozialpädagogik, Theologie und Religionspädagogik. Als Salesianer Don Boscos war er Lehrer und Pastoralleiter am Don Bosco Gymnasium Unterwaltersdorf, pädagogischer Leiter im Don Bosco Haus in Wien, Jugendpastoralbeauftragter der österreichischen Ordensprovinz, Beauftragter für die salesianische Jugendbewegung und Leiter von Confronto Don Bosco Österreich. Derzeit arbeitet er als Erzieher im Schülerheim Don Bosco in Fulpmes (Tirol).

Florian Mayrhofer studiert katholische Fachtheologie und Lehramt für Religion und Französisch. Er absolvierte seinen Zivilersatzdienst in einem Straßenkinderprojekt der Salesianer Don Boscos in Tijuana/Mexiko. Seitdem engagiert er sich ehrenamtlich in verschiedenen Bereichen der salesianischen Jugendbewegung.

Irene Stütz studiert Germanistik, Französisch und Ethik an der Universität Wien. Über die Katholische Jugend in ihrer oberösterreichischen Heimatpfarre lernte sie „Jugend Eine Welt" kennen und verbrachte nach der Matura ein Jahr als Volontärin in Ecuador. In der Vorbereitung darauf kam sie erstmals in Kontakt mit der Spiritualität Don Boscos, die sie seither begleitet.

Einige Gebete und Ideen für dieses Buch sind im „Workshop Jugendgebetbuch" entstanden. Teilnehmer_innen: *David Bauer, Emanuel Huemer, Florian Mayrhofer, P. Herbert Salzl SDB, Irene Stütz, Paul Taubenschuss SMDB, Christoph Zwielehner*

QUELLEN

Avila, Teresa von, Nichts soll dich ängstigen.

Bichsel, Peter, „Amerika gibt es nicht“, aus: Peter Bichsel, Kindergeschichten. © Suhrkamp Verlag Frankfurt am Main 1997. Alle Rechte bei und vorbehalten durch Suhrkamp Verlag Berlin.

Birklbauer, Anton, Don Bosco – Lebensbild eines ungewöhnlichen Heiligen. Don Bosco, München 1998.

Bosco Teresio, Don Bosco – Priester und Erzieher, Don Bosco, München 2010.

Chávez Villanueva, Pascual SDB, Generaloberer der Salesianer Don Boscos 2002–2014, Rom 2012.

Die Heilige Schrift. Einheitsübersetzung. Katholische Bibelanstalt Stuttgart 1980.

Don Bosco Haus – Pädagogik, Freecard „Kirchliche Gemeinschaft suchen“, Wien 2012.

Franz von Sales, Deutsche Ausgabe der Werke des Heiligen. Deutsche Ausgabe, Band 1: Anleitung zum frommen Leben (Philothea), Franz Sales, Eichstätt 1958.

Frigger, Manfred, „Bleibe bei uns, Herr ...“, aus: Ders., Zeit für mich – Zeit für Gott. Junge Menschen beten © Verlag Herder GmbH, Freiburg i. Br. 1995.

Fuchs-Ott, Peter, in: Gemeinsam entdecken. Ökumenische Gebete und Meditationen, hg. von Marcus Leitschuh und Cornelia Pfeiffer. Bonifatius, Paderborn/Lembeck, Frankfurt am Main 2003.

Gebetbuch der Salesianer Don Boscos, hg. von den Provinzialen der deutschsprachigen Provinzen der Salesianer Don Boscos, Im Dialog mit Gott, Ensdorf 1992.

Gebetsgemeinschaft für geistliche Berufe (PWB), Zentrum für Berufspastoral. Arbeitsstelle der deutschen Bischofskonferenz. Freiburg.

God for You(th). Das Benediktbeurer Liederbuch, Deutsche Provinz der Salesianer Don Boscos, Don Bosco Medien, München 2012.

Gotteslob. Katholisches Gebet- und Gesangbuch. Ausgabe für die (Erz-)Diözesen Österreichs, Verlag Katholisches Bibelwerk GmbH Stuttgart und Wiener Dom-Verlag, Gesellschaft m.b.H., Stuttgart/Wien 2013.

Grün, Anselm/Jarosch, Linda, „Frauen in der Bibel“, aus: Königin und wilde Frau © Vier-Türme GmbH Verlag, Münsterschwarzach.

Hanglberger, Manfred, www.hanglberger-manfred.de.

Hofbauer, Friedl, Afrikanische Erzählung, aus: Kindergarten und Mission, Heft 1/84. Kindermissionswerk Aachen.

Jung, Herbert, „Vor einer weiten Reise“, aus: Ders., Gottes sanfte Hände über dir. Segensgebete für Gemeinde und Familie © Verlag Herder GmbH, Freiburg i. Br. 1992.

Katholisches Bistum der Alt-Katholiken in Deutschland, „Gebet Verliebter“, aus: Gottzeit – Gebetbuch des Katholischen Bistums der Alt-Katholiken in Deutschland, Bonn 2008, S. 176, G 177

Künzler, Hans, Zeitschrift Orientierung 39 (1975), S. 73

Kurz, Paul Konrad, „Ein modernes Magnifikat“, aus: Paul Konrad Kurz, Maria Maria. Gespräche Gesänge, © 2002 Butzon & Bercker GmbH, Kevelaer, www.bube.de

Lambert, Willi, „Herr, öffne mir die Augen ...“, aus: Begleitet von guten Mächten. Hrsg. von Ulrich Sander © Verlag Herder GmbH, Freiburg i. Br. 2004.

Langgässer, Elisabeth, Helden ohne Waffen. Berlin, 1947.

Lerch, Andreas, „Gebet um die Gaben des Heiligen Geistes“, Quelle unbekannt.

Liebesbrief von Gott, www.e-water.net.

Mayer-Skumanz, Lene, ... und die Spatzen pfeifen lassen. Geschichten aus dem Leben Don Boscos, Don Bosco Medien, München 2003.

Mutter Teresa, Quelle unbekannt.

Naegeli, Sabine, Gebetsmappe Burg Altpernstein, 2. erweiterte Auflage – ohne Jahr.

Olivaint, Pierre SJ, jesuitischer Exerzitienmeister und Märtyrer, in: Gotteslob 6,6, Katholische Bibelanstalt Stuttgart 1975.

Rahner, Karl, „Fragebogen zur Selbstreflexion“, aus: Ders., Das große Kirchenjahr. Geistliche Texte. Hrsg. von Albert Raffelt © Verlag Herder GmbH, Freiburg i. Br. 1992.

Rahner, Karl, „Ich glaube an den Heiligen Geist“, aus: In leuchtender Spur. Katholisches Hausbuch Jahr des Herrn © Verlag Herder GmbH, Leipzig 1986.

Rechner, Adolf, „Geh deinen Weg“, Quelle unbekannt.

Rotzetter, Anton, „Erleuchte mich“, Quelle unbekannt.

Salzl, P. Herbert SDB, Schulgebete. Don Bosco Gymnasium Unterwaltersdorf, 2011.

Schaffer, Ulrich, „Den Weg, den du vor dir hast“, aus: Weil du einmalig bist © Verlag Ernst Kaufmann, Lahr.

Schwarz, Andrea, „Demut und Kraft“, aus: Andrea Schwarz/Anselm Grün, Und alles lassen, weil er mich nicht lässt. Berufen, das Evangelium zu leben © Verlag Herder GmbH, Freiburg i. Br. 2009.

Schwarz, Andrea, „Doch ich glaube an Engel …“, aus: Dies., Bunter Faden der Zärtlichkeit © Verlag Herder GmbH, Freiburg i. Br. 2012.

Schwarz, Andrea, „Dunkles Gebet“, aus: Dies., Wenn Chaos Ordnung ist. Mit Gegensätzen leben © Verlag Herder GmbH, Freiburg i. Br. 2009.

Schwarz, Andrea, „Ein Freund ist einer …“, aus: Dies., Bleib dem Leben auf der Spur. Geschichten von unterwegs © Verlag Herder GmbH, Freiburg i. Br., 2005.

Schwarz, Andrea, „Gott bist du ein Mann? …“, aus: Dies., Bunter Faden der Zärtlichkeit © Verlag Herder GmbH, Freiburg i. Br. 2012.

Schwarz, Andrea, „Gott ist ganz anders“, aus: Andrea Schwarz/Anselm Grün, Und alles lassen, weil er mich nicht lässt. Berufen, das Evangelium zu leben © Verlag Herder GmbH, Freiburg i. Br. 2009.

Schwarz, Andrea, „Ich kann dir dein Kreuz nicht nehmen“, aus: Dies., Wenn Chaos Ordnung ist. Mit Gegensätzen leben © Verlag Herder GmbH, Freiburg i. Br. 2009.

Schwarz, Andrea, „Kreuzzeichen“, aus: Dies., Ich mag Gänseblümchen. Unaufdringliche Gedanken © Verlag Herder GmbH, Freiburg i. Br. 2011.

Schwarz, Andrea, „10 Tage mit der Bibel“, aus: Dies., Die Bibel verstehen in 25 Schritten. Ein Durchblick-Buch für Neugierige © Verlag Herder GmbH, Freiburg i. Br. 2008.

Summerer, Karlheinz, Geistliche Texte für Feste im Jahreskreis. Don Bosco, München 1986.

Tournade, Michel, Eine Welt zum Verlieben. Ein Lebensprogramm für junge Menschen, Franz-von-Sales-Verlag: Eichstätt, 2000.

Werner, Elisabeth, aus: „Ferment“-Heft 2/97, Pallotiner, Gossau.

Willms, Wilhelm, „Der Heilige Geist ist ein bunter Vogel“, aus: Wilhelm Willms, roter faden glück, lichtblicke. *© 1974 Verlag* Butzon & Bercker, Kevelaer, 5. Aufl. 1988, 3.2

Zink, Jörg, Lebenszeiten – Segenszeiten © St. Benno-Verlag Leipzig, www.st-benno.de

Zink, Jörg, „nach Psalm 139“, aus: Ders., Psalmen und Gebete © KREUZ Verlag in der Verlag Herder GmbH, Freiburg i. Br. 1999.

Alle Internetadressen wurden am 30. Juli 2014 unter dem angegebenen Link gefunden.

Internetadressen für weitere Informationen:

www.donbosco4youth.at/jugendgebete
www.donbosco4youth.at/gutenachtwort
www.donbosco.at
www.confronto.at
www.iss.donbosco.at
www.volontariat.at
www.vides.at
www.jesuiten.at – Spirituelles – Anleitung Examen

DANK an:

- Don Bosco Schulen Vöcklabruck – Gebete von Schülerinnen, unter der Anleitung von Sr. Elisabeth Siegl FMA
- P. Reinhard Gesing SDB, Magdalena Ganster und Magdalena Jetschgo für viele Anregungen und Korrekturen

ISBN 978-3-7698-1789-8

€ (A) 18,40

€ (D) 17,90 | sFr 25,90

€ (A) 10,00

God for You(th)

Das Benediktbeurer Liederbuch.
560 Neue Geistliche Lieder.

Hrsg.: Deutsche Provinz der Salesianer Don Boscos

Das Hardcover Liederbuch enthält 565 Klassiker des neuen Geistlichen Liedes, Lieder aus Taizé und Don Bosco Lieder für Gottesdienste, den Unterricht und andere liturgische Feiern. Die Lieder sind teilweise mehrstimmig und gehen von Romantik bis Rock!

God for You(th) – CD

Die CD zum Liederbuch mit den bekannten Liedern „Eviva Don Bosco", „Gebet Don Boscos – Ich komm zu dir" und „Heute, Don Bosco, heute noch" des österreichischen Liedermachers Pater Rudolf Osanger SDB.

Erhältlich unter:
www.donboscoshop.at

Salesianische Jugendbewegung
Willst du Gott besser kennenlernen und zu einer gerechteren Welt beitragen?
Dann könnte dich die salesianische Jugendbewegung interessieren!
Die salesianische Jugendbewegung richtet sich an alle jungen Leute, die sich im Geist Don Boscos für andere einsetzen wollen.
Bei verschiedensten Unternehmungen, wie beispielsweise Jugendwochenenden, kommst du in Kontakt mit Gleichgesinnten und gemeinsam könnt ihr Kirche lebendiger machen!
Nähere Infos unter:
www.donbosco4youth.at